www.ingramcontent.com/pod-product-compliance
Lightning Source LLC
LaVergne TN
LVHW050817051026
849532LV00008B/3006
* 9 7 8 9 3 5 8 7 2 0 3 0 3 *

درجن بھر کہانیاں

(بچوں کی کہانیاں)

مرتبہ:

ادارہ امنگ

© Taemeer Publications LLC
Darjan bhar kahaniyaan (Short Stories)
by: Idara Umang
Edition: October '2025
Publisher :
Taemeer Publications LLC (Michigan, USA / Hyderabad, India)

ISBN 978-93-5872-030-3
9 789358 720303

کتاب	:	**درجن بھر کہانیاں**
مرتب	:	**ادارہ امنگ**
پروف ریڈنگ / تدوین	:	سید حیدرآبادی
صنف	:	ادب اطفال
ناشر	:	تعمیر پبلی کیشنز (حیدرآباد، انڈیا)
سالِ اشاعت	:	۲۰۲۵ء
صفحات	:	۶۲
سرورق ڈیزائن	:	تعمیر ویب ڈیزائن

فہرست

ا

ایک اُسترے کی کہانی

احمد ندیم قاسمی

اگر میں چاہوں تو اس کہانی کو ایک ہزار سال پہلے سے شروع کر دوں۔ چاہوں تو آج سے۔ اس لیے کہ یہ کہانی ہر زمانے میں سچّی ہے۔ میں نے یہ کہانی اپنی نانی سے سنی تھی جنہوں نے اپنی نانی جان سے سنی ہو گی اور انہوں نے اپنی نانی جان سے۔

یہ اتنی پرانی کہانی اتنی نئی کیوں ہے؟ اس کی وجہ یہ ہے کہ اس میں ایک سچائی بیان کی گئی ہے اور سچائی پرانی ہوتی ہے نہ نئی۔ سچائی صرف سچائی ہوتی ہے۔

وہ لوگ جو محنت نہیں کرتے، جو ہاتھ پاؤں ہلائے بغیر زندگی گزارنا چاہتے ہیں، جنھیں لمبی تان کر لیٹنے اور دیر تک لیٹے رہنے میں لطف آتا ہے، اس اُسترے کی طرح ہیں جس کی یہ کہانی ہے۔

یہ استرا ایک گاؤں کے نائی کا تھا۔ وہ اس چمکتے ہوئے تیز استرے سے کسانوں کی حجامت بناتا تھا۔ کسانوں کے چہرے پر نہ کریمیں لگتی ہیں اور نہ لوشن۔ اس لیے ان کے بال موٹے موٹے اور سخت ہوتے ہیں۔ گاؤں کے نائی حجامت بنانے سے پہلے بالوں پر نہ صابن ملتے ہیں نہ برش چلاتے ہیں۔ وہ تو چٹکیوں کو پانی سے بھگو کر

لوگوں کے چہروں کی چٹکیاں لیتے ہیں جن کی انہیں حجامت بنانی ہوتی ہے۔ یہی وجہ ہے کہ اس استرے کو دِن بھر بہت محنت کرنا پڑتی تھی۔ اس کی دھار کو لوہے کے تار ایسے بالوں میں سے گزرنا پڑتا تھا اور وہ تھک جاتی تھی۔ مگر نائی بڑا سیانا اور بہت نرم دل تھا۔ وہ ایک پتھر یا لکڑی کے ایک ٹکڑے کو پانی سے بھگو کر اُسترے کو دائیں بائیں تھپکیاں دیتا تھا۔ یوں استرے کی چمک بھی اٹھتی تھی اور تازہ دم بھی ہو جاتی تھی۔ پھر جب نائی دن بھر کا کام ختم کر لیتا تھا تو اُسترے کو بند کر دیتا تھا۔ استرا اپنے دستے کے بستر پر سو جاتا تھا اور رات بھر کے آرام کے بعد صبح کو پھر محنت مزدوری شروع کر دیتا تھا۔

ایک دن گاؤں کا یہ نائی اپنی کسوت لیے کہیں جا رہا تھا۔ کسوت پھٹی ہوئی تھی۔ اُسترے نے جو باہر کھسکنے کا راستہ دیکھا تو اپنے دستے سے الگ ہونے کے لیے خوب زور لگایا۔ آخر وہ اپنی کوشش میں کام یاب ہو گیا۔ دستہ کسوت میں رہ گیا اور استرے کا پھل نرم نرم گھاس پر آ گرا۔

نائی بے چارے کو کیا پتا تھا کہ اس کا پیارا استرا اس سے بے وفائی کر گیا ہے۔ وہ اپنی راہ چلتا رہا۔ ایک جگہ اسے ایک کسان کی حجامت بنانا تھی۔ اس نے کسوت کو کھول کر استرا نکالنا چاہا تو یہ دیکھ کر حیران رہ گیا کہ دستہ پڑا ہے اور اُسترا غائب ہے۔ اس کا کُل سرمایہ یہی ایک استرا تھا۔ وہ دن بھر اس راستے پر بھٹکتا رہا جہاں سے گزرا تھا۔ ایک بار اس کا پاؤں بھاگتے ہوئے استرے کے بالکل پاس پڑا۔ ڈر کے مارے استرے کی جان ہی تو نکل گئی۔ مگر پھر نائی آگے بڑھ گیا اور استرا دھوپ میں ہنسنے لگا۔

خوب ہنس لینے کے بعد اُسترے نے اپنے جسم کو دیکھا تو یہ معلوم کر کے اس کی خوشی کی انتہا نہ رہی کہ اس کے انگ انگ سے کرنیں پھوٹ رہی ہیں۔ سورج آسمان پر چمک رہا تھا اور اُسترے کی چمکتی دمکتی سطح پر اس کا عکس پڑ رہا تھا۔ اپنی دھار دیکھ کر تو استرے کو ایسا لگا جیسے تارا ٹوٹ رہا ہے۔ اپنے جسم پر جہاں بھی اس کی نظر پڑتی تھی کئی سورج جگمگاتے ہوئے دکھائی دیتے تھے۔

اس نے سوچا۔ "ارے! میں تو بڑا ہی خوب صورت ہوں کہ مجھے دیکھ کر خود سورج کی آنکھیں چندھیا رہی ہوں گی۔ میں کتنا خوش قسمت ہوں کہ نائی کی قید سے بھاگ آیا ہوں۔ وہاں مجھے اتنی محنت کرنی پڑتی تھی کہ دانتوں پسینا آجاتا تھا۔ مجھے اتنا وقت ہی نہیں ملتا تھا کہ میں اپنے آپ کو دیکھ سکوں۔ یہاں میں کتنے آرام میں ہوں۔ نہ کام ہے نہ کاج۔ مزے سے لمبا لمبا لیٹا ہوا ہوں۔ سورج میرے جسم میں اپنی صورت دیکھ رہا ہے۔ ہوا میری سطح پر کھیل رہی ہے۔ آس پاس کی گھاس جھک جھک کر مجھ میں جھانکتی ہے۔ ابھی ابھی کتنی پیاری سی تتلی مجھے آئینہ سمجھ کر پَر سنوارتی رہی۔ کوئی اُٹھانے والا نہ بند کرنے والا۔ میری تو دُعا ہے کہ قیامت تک یہیں پڑا رہوں۔ آرام ملا تو خوب موٹا تازہ ہو جاؤں گا اور بڑے مزے آئیں گے۔

یہ کہنے کے بعد اُسترے نے سوچا کہ اگر میں یہاں پڑا رہا تو ہو سکتا ہے کبھی کوئی آدمی میری چمک دمک کو دیکھ لے، مجھے اٹھا کر گھر لے جائے اور وہاں مجھے قید کر دے۔ اس لیے وہ وہاں سے کھسکا۔ ایک بِل میں گھس گیا اور برسوں کی تھکن دور کرنے کے لیے سو گیا۔

استرا چھے سات مہینے تک سوتا رہا۔ بارشیں ہوئیں۔ پانی اس کے بل میں گھس

آیا مگر جب بھی اس کی آنکھ نہ کھلی۔ کئی کیڑے مکوڑے اس پر سے گزرے مگر اسے کھجلی تک محسوس نہ ہوئی۔ اس نے کروٹ تک نہ بدلی۔ جس رُخ سویا تھا اسی رُخ اٹھا۔ سوچا، چلو ذرا سی ہوا خوری کرلیں۔ آکر پھر سو رہیں گے۔ آخر ہمیں اور کون سا کام کرنا ہے!

وہ بل میں سے کودا اور باہر آگیا۔ سورج اسی طرح چمک رہا تھا۔ ہوا اسی طرح چل رہی تھی۔ گھاس کی پتّیاں اسی طرح ہل رہی تھیں۔ اُسترے نے مسکرانے کی کوشش کی مگر اس کے ہونٹ جڑ گئے تھے۔ اس نے گھبرا کر اپنے جسم پر نظر دوڑائی تو وہاں اندھیرا ہی اندھیرا تھا۔ سَر سے لے کر پاؤں تک اس پر زنگ چڑھ چکا تھا۔ سورج کی کرنیں اس سے دور رہتیں۔ اُس کی تمام چمک ماند پڑ چکی تھی۔

اس نے سوچا کہ گھاس مجھ سے ڈر ڈر کر دوسری طرف دیکھنے لگتی ہے۔ سورج کی کرن مجھے چھوتے ہی بھاگ کھڑی ہوتی ہے۔ کاش! میرا نائی ایک بار ادھر سے گزرے اور میں اچھل کر اس کی کسوت میں جا بیٹھوں اور خوب محنت کروں اور میری چمک دمک مجھے واپس مل جائے، لیکن ایسا نہ ہوا اور وہ استرا وہیں پڑا گلتا سڑتا رہا۔

وہ لوگ جو محنت نہیں کرتے، جو ہاتھ پاؤں ہلائے بغیر زندگی گزارنا چاہتے ہیں، جنھیں لمبی تان کر لیٹنے اور دیر تک لیٹے رہنے میں لطف آتا ہے، ان کا انجام ایسا ہی ہوتا ہے۔ اسی لیے تو کہتے ہیں؛ محنت میں عظمت ہے۔

* * *

۲

سلیمانی ٹوپی

کلیم چغتائی

"یار واقعی سچ بتانا، اس ٹوپی کو پہن کر آدمی غائب ہو جاتا ہے؟" نسیم نے حیرت سے آنکھیں پھاڑتے ہوئے امجد سے پوچھا جو ابھی ابھی کسی حیرت انگیز ٹوپی کی خبر لے کر آیا تھا۔

"ہاں! نہیں تو اور کیا۔۔۔۔۔" امجد نے بڑے یقین کے ساتھ کہا۔ "شرفو بابا کی بات کبھی غلط نہیں ہوتی۔"

"پر یہ شرفو بابا ہے کون؟" نسیم نے بڑے اشتیاق سے پوچھا۔

"اوہ، تمیز سے نام لو، وہ تم سے بڑے ہیں اور پہنچے ہوئے بزرگ ہیں، شرفو بابا ہے کون۔ بھلا یہ کیا ہوا؟ شرفو بابا کون ہیں، کہنا چاہیے۔" امجد نے اسے ٹوک دیا۔ "خیر شرفو بابا، اگلی گلی کا نکڑ ہے نا، وہاں ایک مسجد ہے۔ اس مسجد کے برابر میں رہتے ہیں۔ ان کے پاس بڑی عجیب عجیب کرامات والی چیزیں ہیں۔"

"اچھا۔!!" نسیم کے منہ سے نکلا۔

"ہاں بھئی! ایک تو جادوئی انگوٹھی ہے ان کے پاس، اسے پہنے تو آدمی دن بھر

میں ایک گھنٹے کے لیے غائب ہو سکتا ہے۔ دوسرے 'اڑن جوتے' ہیں۔ انہیں پہن لو اور جہاں مرضی آئے اُڑتے پھرو۔ ایک اور جادو کا دستر خوان ہے، اس کو بچھا دیں اور جو کھانا چاہیں اس پر منگوا لیں۔" امجد نے شرفو بابا کے عجائب پر تفصیل سے روشنی ڈالی۔

"واقعی!" نسیم کا منہ مارے حیرت کے کھل گیا۔ "یہ تم نے ساری چیزیں خود دیکھیں؟"

"نہیں میں نے تو نہیں دیکھیں، شرفو بابا نے خود ان چیزوں کے بارے میں بتایا تھا، ان کے ہاں ایک اور آدمی بھی آتا ہے، وہ بھی ان کی تائید کر رہا تھا۔" امجد نے بتایا۔

"یار ان سے وہ والی ٹوپی تو حاصل کی جائے، کسی طرح۔" نسیم کا چہرہ جوش کے مارے سرخ ہوا جا رہا تھا۔

"ایسے نہیں، بابا جی کو خوش کرنا پڑے گا، موڈ میں آئیں گے تو ٹوپی بخش دیں گے، ورنہ نہیں۔" امجد نے مایوسی سے کہا۔

"کوشش کر لیتے ہیں، ان شاء اللہ کامیابی ہو گی۔"

"کب چلو گے بابا جی کے پاس؟ ابھی؟" نسیم اسی وقت چلنے کے لیے تیار تھا۔

"ابھی نہیں شام میں، میں اکیلا ہی چلا جاؤں گا۔"

"چلو ٹھیک ہے۔"

دونوں اپنے اپنے گھروں کو چلے گئے۔

"کہو ملی ٹوپی؟" نسیم نے پوچھا۔

"نہیں!" امجد نے ذرا اداس لہجے میں جواب دیا۔ "باباجی کہتے ہیں ٹوپی یہاں نہیں ہے، اس کے لیے ہزاروں میل دور جانا پڑے گا، وہ صرف ہماری خاطر یہ کام کرنے کے لیے تیار ہوئے ہیں لیکن اس کے لیے وہ کہتے ہیں کہ ہمیں تین سو روپے لاکر دینے ہوں گے۔ جو صرف ٹوپی کا ایک ہفتے کا کرایہ ہے، یہ بھی صرف ہمارے لیے رعایت ہے۔"

"پھر تو بڑی مشکل ہے۔" نسیم بھی اداس ہوگیا۔ "تین سو روپے کہاں سے لائیں گے؟"

دونوں کچھ دیر خاموش رہے، پھر نسیم نے خاموشی کو توڑا۔ "کیا خیال ہے، اپنے گھر سے نہ پیسے اڑالائیں۔"

"گھر سے۔" امجد ڈر سا گیا۔ "اور جو کسی نے دیکھ لیا تو؟"

"بھئی اول تو کوئی دیکھے گا نہیں اور اگر کسی کو خبر بھی ہوگئی تو اسے ہم کہہ دیں گے کہ تھوڑے دنوں بعد ہی ہم تمہیں اس سے زیادہ پیسے لا دیں گے۔" نسیم نے اسے مطمئن کرنے کی کوشش کی۔

"وہ کس طرح؟"

"وہ اس طرح کہ ٹوپی ملنے کے بعد کسی بھی دکان میں ہم میں سے کوئی ایک ٹوپی پہن کر چلا جائے گا اور دکان دار کا کیش بکس کھول کر پیسے نکال لائے گا، اُسے کیا پتہ چلے گا؟"

"واہ میرے یار کیا ترکیب سوچی ہے۔" امجد بھی خوش ہوگیا۔

رات میں جب گھر کے تمام لوگ سو رہے تھے، نسیم چپکے سے اٹھا اور اپنے ابا

جان کی الماری کا تالا کھول کر اس میں سے سو کے دو نوٹ نکال لیے۔ اس کا دل بڑے زور سے دھڑک رہا تھا۔

کپکپاتے ہاتھوں سے اس نے نوٹ جیب میں رکھے، تالا بند کیا اور بستر پر آکر لیٹ گیا۔ ادھر امجد نے بھی اپنی امی کے صندوق سے ڈیڑھ سو روپے اڑا لیے۔

امجد دوسرے دن شام کو مسجد میں جاکر باباجی کو تین سو روپے دے آیا۔ بقیہ پچاس روپوں میں دونوں نے کامیاب کوشش میں مٹھائی، آئس کریم اور نہ جانے کیا الا بلا خریدا اور ہضم کر گئے۔

باباجی نے امجد کو بتایا کہ اب وہ جادوئی ٹوپی لینے کے لیے جا رہے ہیں اور وہ چلے گئے۔ نسیم اور امجد دونوں بڑی بے تابی سے باباجی کا، ایک ایک دن گن کر انتظار کرتے رہے، آخر باباجی آ ہی گئے، لیکن جب امجد ان سے ٹوپی لینے کے لیے پہنچا تو انہوں نے بتایا کہ ٹوپی جمعرات کو ملے گی۔ دونوں کے ارمانوں پر اوس پڑ گئی۔ اس لیے کہ جمعرات ہی سے ان کے ششماہی امتحان شروع ہو رہے تھے۔ ان کا خیال تھا کہ ٹوپی ملے تو جلدی سے گھر سے اڑائے گئے پیسوں کا حساب پہلے برابر کریں۔ ابھی گھر والوں کو چوری کی خبر نہ ہوئی تھی، پھر یہ کہ ٹوپی پہن کر کئی ایک کھانے کی چیزیں اڑائی جاسکتی تھیں مگر ٹوپی تو جمعرات کو ملے گی۔

جمعرات آگئی، دونوں گھر سے تیار ہو کر امتحان دینے کے لیے نکلے، نکڑ پر مسجد کے ساتھ ہی باباجی کا مکان تھا۔ امجد نے دروازے پر دستک دی۔ اندر سے آواز آئی۔ "آجاؤ۔"

دونوں اندر چلے گئے۔ باباجی بیٹھے آنکھیں بند کیے جھوم رہے تھے۔ دونوں

ادب سے کھڑے رہے۔

کھڑے کھڑے دس منٹ ہو گئے۔ پرچہ شروع ہونے کا وقت قریب آرہا تھا، آخر امجد نے ہمت کر کے باباجی کو آواز دی۔

"ہوں۔" بابا نے گونج دار آواز میں "ہوں" کہہ کر آنکھیں کھول دیں، دونوں کو دیکھ کر پھر آنکھیں بند کرلیں اور بولے:

"بچو! ٹوپی یہ رکھی ہے، لیکن خبردار اسے ساڑھے نو بجے سے پہلے مت پہننا۔"

امجد نے گھڑی دیکھی، نو بجنے میں پانچ منٹ باقی تھے۔ پرچہ نو بجے شروع ہونے والا تھا۔ باباجی کی بات پر اسے حیرت تو ہوئی لیکن اس نے سوچا، بھئی پہنچے ہوئے بزرگ ہیں۔ اس میں کوئی بات ہوگی۔

"بہت اچھا باباجی۔" اس نے ادب سے کہا۔

"اب تم دونوں جاؤ، یاد رکھو، سلیمانی ٹوپی ساڑھے نو بجے ۔۔۔۔۔۔ایک ہفتہ۔" باباجی یہ کہتے ہوئے پھر سے جھومنے لگے۔

دونوں باہر نکل آئے۔ اسکول پہنچے۔ پرچہ شروع ہوا ہی چاہتا تھا۔ دونوں جلدی سے کلاس روم میں جا کر بیٹھ گئے، ذرا دیر میں ماسٹر صاحب آگئے۔

"اپنی اپنی کتابیں۔ کارتوس۔ سب کچھ وہاں کونے میں رکھ دو۔" وہ سخت لہجے میں ایک طرف اشارہ کرتے ہوئے بولے۔

لڑکوں نے ان کے حکم کی تعمیل کی۔ صرف نسیم اور امجد اپنی جگہ پر بیٹھے رہے۔

ماسٹر صاحب نے کاپیاں اور پرچہ تقسیم کیا۔ انگریزی کا پرچہ تھا جس سے امجد

اور نسیم کی جان نکلتی تھی۔ لیکن اب کیا ڈر تھا۔ سلیمانی ٹوپی امجد کی جیب میں موجود تھی۔ ٹوپی کا پتہ چونکہ اسی نے لگایا تھا اس لیے پہلا حق اس کا بنتا تھا۔ طے یہ ہوا تھا کہ پہلے گھنٹے میں ٹوپی امجد کے پاس رہے گی۔

تھوڑی دیر یوں ہی بیٹھے رہے، پھر ماسٹر صاحب جوں ہی ذرا باہر گئے۔ نسیم نے امجد کو اشارہ کیا، اس نے جلدی سے کتاب نکال کے نقل شروع کر دی، عین اسی وقت ماسٹر صاحب آ گئے۔

"ارے اتنی ڈھٹائی سے سامنے نقل کر رہے ہو۔" ماسٹر صاحب غصے سے امجد کی طرف لپکے۔ امجد کو احساس ہوا کہ وہ سلیمانی ٹوپی پہننا بھول گیا تھا۔ اس نے جیب میں ہاتھ ڈالا اور ٹوپی نکال کر پہن لی۔ اس کا خیال یہ تھا کہ ماسٹر صاحب مارے حیرت کے کھڑے کے کھڑے رہ جائیں گے لیکن ماسٹر صاحب تیر کی طرح اس کے قریب پہنچ گئے اور اس کا بازو پکڑ کر قریب کر دیا۔

امجد نے سوچا، میری ڈیسک کے پاس پہنچ کر انہوں نے اندازاً میرا بازو پکڑ لیا ہو گا۔ اس نے جھٹکے سے اپنا بازو چھڑایا اور ذرا ہٹ کر کھڑا ہو گیا۔ اس کا خیال تھا کہ اب ماسٹر صاحب مارے خوف کے بھاگ کھڑے ہوں گے، مگر وہ تو دانت پیستے ہوئے آگے بڑھے اور تڑ سے اس کے چانٹا رسید کر دیا۔ تو کیا میں ماسٹر صاحب کو نظر آ رہا ہوں۔ اس نے پریشان ہو کر پوچھا۔ پھر بھی اس نے ہمت نہ ہاری۔ ذرا پیچھے ہٹ کر اس نے ماسٹر صاحب کو اپنی دو انگلیاں دکھاتے ہوئے زور سے کہا:

"سر دیکھیے، کچھ نظر آ رہا ہے آپ کو، نہیں نظر آ رہا نا آپ کو۔"

تمام لڑکے لکھنا بھول کر حیرانی سے منہ پھاڑے اسے تک رہے تھے اور نسیم

کے چہرے پر ایک رنگ آرہا تھا، ایک رنگ جارہا تھا۔ ماسٹر صاحب کا غصہ اب حیرت میں بدل چکا تھا، وہ پریشانی اور تعجب کے ملے جلے لہجے میں بولے:

"امجد کیا ہوگیا ہے تمہیں!: پیپر دینے آئے ہو یا تماشہ دکھانے۔۔۔۔۔؟ ایک تو بھری کلاس میں کھلے عام نقل کر رہے ہو، منع کرتا ہوں تو یہ بوسیدہ سی ٹوپی پہن کر مکالمے بول رہے ہو، تمہارا ذہنی توازن تو درست ہے۔"

"سر آپ سمجھ نہیں سکتے۔" امجد اب بھی پر امید تھا۔"میں آپ کو نظر آرہا ہوں؟ نہیں نظر آسکتا، یہ صرف سلیمانی ٹوپی کی برکت ہے۔"

ماسٹر صاحب آگے بڑھے اور انھوں امجد نے دونوں کندھے پکڑ کر زور سے دو تین جھٹکے دیے اور کہا:

"بے وقوف تم ہوش میں ہو یا نہیں؟"

اور ساتھ ہی انہوں نے امجد کے سر سے 'سلیمانی ٹوپی' اتار کر پھینک دی۔

امجد کو ایک دم جیسے ہوش آگیا۔ اسے احساس ہو گیا تھا کہ ٹوپی تو بس فراڈ نکلی۔۔۔۔۔۔ بالکل عام سی ٹوپی تھی۔ بد معاش بابا نے تین سو روپے اینٹھ لیے تھے۔

وہ ٹوپی اٹھائے ہوئے سر جھکائے شرمندگی سے اپنی ڈیسک پر آکر بیٹھ گیا۔ ماسٹر صاحب نے اس سے ساری تفصیل پوچھی۔ اس کے بجائے نسیم نے سارا حال کہہ سنایا۔ پورا واقعہ سننے کے بعد ماسٹر صاحب بولے:

"تم دونوں بالکل احمق ہو۔ خود ہی سوچو، اگر وہ بابا ایسی ٹوپی یا دیگر جادوئی اشیاء کا مالک ہوتا تو سب سے پہلے خود ان سے فائدہ نہ اٹھاتا؟ خیر! اب تم دونوں پڑھائی میں دل لگاؤ، ٹوپیوں کا خیال چھوڑ دو، ٹوپی صرف نماز اور قرآن مجید پڑھتے وقت پہنا

کرو، سادہ ٹوپی سلیمانی نہیں۔

چلو بچو! تم اپنا پرچہ حل کرو۔ خواہ مخواہ پندرہ منٹ ضائع ہو گئے۔ خیر تمہیں پندرہ منٹ زائد مل جائیں گے۔"

پرچہ ختم ہوا تو دونوں، افسردہ دلوں کے ساتھ سر جھکائے اسکول سے نکلے، نکڑ پر بابا کا مکان تھا۔ دروازے پر موٹا سا تالا جھوم رہا تھا۔

امجد نے برابر والی پان کی دکان پر بیٹھے شخص سے پوچھا۔ "شرفو بابا نہیں ہے؟"

"ارے کون شرفو، وہ تو کب کا چلا گیا یہاں سے بوریا بستر سمیٹ کر، ساڑھے نو کی ٹرین سے، کہہ رہا تھا کہ پشاور جا رہا ہوں۔" پان والے نے بتایا۔

نسیم اور امجد نے ایک دوسرے کی طرف دیکھ کر بے بسی سے نظریں جھکا لیں۔ اور امجد نے ہاتھ میں پکڑی ہوئی 'سلیمانی ٹوپی' پاس کے گندے نالے میں پھینک دی۔

* * *

۳

زمانے کی گردش

طالب ہاشمی

بیسواں عباسی خلیفہ راضی باللہ جس نے ۳۲۲ ہجری (۹۳۴عیسوی) سے ۳۲۹ہجری (۹۴۰عیسوی) تک حکومت کی، اس کے زمانے کا ذکر ہے کہ ایک جمعہ کے دن بغداد کی جامع مسجد المنصور جمعہ کی نماز کے لیے آنے والے نمازیوں سے کھچا کھچ بھری ہوئی تھی۔ نماز کے بعد امام صاحب نے دعا کے لیے ہاتھ اٹھائے ہی تھے کہ مسجد کی سب سے پہلی صف سے دردناک آواز آئی۔

"لوگو! میری طرف دیکھو، میں اندھا اور محتاج ہوں، زمانے کی گردش اور اپنے عملوں کی سزا کی جیتی جاگتی تصویر ہوں۔ میرے حال پر رحم کرو اور میں نے اپنے زمانے میں جو ظلم کیے، ان کو معاف کر دو۔ تم مجھے خوب جانتے ہو میں کبھی تمہارا خلیفہ تھا جسے قدرت کے انتقام اور زمانے کے چکر نے بھیک مانگنے پر مجبور کر دیا ہے۔"

نمازیوں نے پلٹ کر اس اندھے بھکاری کو دیکھا تو اللہ تعالیٰ کے خوف اور حیرت سے ان کی چیخیں نکل گئیں۔ چند سال پہلے یہ ان کا خلیفہ تھا۔ وہ سولہویں

عباسی خلیفہ معتضد باللہ کا بیٹا محمد تھا جس نے قاہر باللہ کے لقب سے شہرت پائی اور ۳۲۰ ہجری (۹۳۲ عیسوی) میں اپنے بھائی مقتدر باللہ (اٹھارہویں عباسی خلیفہ) کو قتل کر کے خود انیسواں عباسی خلیفہ بن بیٹھا تھا۔ وہ بڑا بد فطرت، لالچی اور ظالم شخص تھا۔ خلیفہ بن کر اس نے لوگوں پر جو سختیاں کیں اور ظلم ڈھائے۔ ان میں سے کچھ یہ تھے۔

۱۔ رعایا پر طرح طرح کے ناجائز ٹیکس (محصول) لگادیے۔

۲۔ جو لوگ کسی وجہ سے ٹیکس نہیں دے سکتے تھے ان کو سخت اذیتوں کا نشانہ بنایا۔

۳۔ اپنے جس بھائی (مقتدر باللہ) کو قتل کیا تھا، وہ دوسری ماں سے تھا۔ قاہر باللہ نے اس کی ماں کو بھی مار مار کر ہلاک کر ڈالا۔ اسی طرح اس نے مقتدر کی بیوہ کو بھی مروا ڈالا۔

۴۔ ۳۲۲ ہجری (۹۳۴ عیسوی) میں فوج کے چند افسروں نے اس کے مظالم سے تنگ آکر بغاوت کر دی۔ اس نے اپنے خوشامدی حامیوں کی مدد سے سب کو گرفتار کر کے سخت اذیتیں دیں اور پھر سب کو قتل کر ڈالا۔

۵۔ اس نے اپنے کئی مخالفوں کو یا تو دیواروں میں زندہ چنوا دیا ان کو کنوؤں میں پھینک کر انہیں بند کر دیا۔ قاہر باللہ کے ایک وزیر علی نے ایک دفعہ اس کو لوگوں پر ظلم ڈھانے سے منع کیا تو اس نے علی کو بھی گرفتار کر کے سزا دینے کا ارادہ کیا۔ علی کو اس کے ارادے کا علم ہوا تو وہ کہیں چھپ گیا۔ قاہر نے اس کی غیر حاضری میں اس کے گھر کو آگ لگوا دی۔ اس میں علی کے گھر والے جل کر بھسم ہو گئے۔

ادھر علی نے اندر ہی اندر فوج میں قاہر باللہ کے خلاف اتنی نفرت پیدا کر دی کہ وہ قوم کو اس ظالم سے نجات دلانے کے لیے تیار ہو گئی چنانچہ اس نے ۲ جمادی الاخریٰ ۳۲۲ ہجری (۲۴ مئی ۹۳۴ عیسوی) کو بغداد پر حملہ کر دیا۔ قاہر باللہ اور اس کے ساتھیوں نے کچھ دیر مقابلہ کیا لیکن جلد ہی ہتھیار ڈالنے پر مجبور ہو گئے۔ فوج نے قاہر باللہ اور اس کے ساتھیوں کو گرفتار کر لیا۔ پھر انھوں نے قتل ہونے والے خلیفہ مقتدر کے بیٹے راضی باللہ کو خلیفہ بنا دیا۔ راضی باللہ نے پہلے تو قاہر باللہ سے وہ ساری دولت واپس لی جو اس نے لوگوں پر ناجائز ٹیکس لگا کر جمع کی تھی، پھر اس نے قاہر باللہ کو اس کے مظالم کی سزا دینے کا ارادہ کیا۔ بہت سے لوگوں نے رائے دی کہ اسے پھانسی پر لٹکایا جائے لیکن راضی باللہ کے خیال میں مناسب سزا یہ تھی کہ اس کو اندھا کر کے دربدر کی ٹھوکریں کھانے کے لیے چھوڑ دیا جائے۔ اس طرح وہ باقی ساری عمر عذاب میں مبتلا رہے گا۔ چنانچہ اس نے اس کی آنکھوں میں لوہے کی گرم سلاخیں پھر وادیں جس سے اس کی آنکھوں کے ڈھیلے لٹک کر رخساروں پر آ گئے جنہیں اس نے خود ہی کھینچ کر پھینک دیا۔ اس کے بعد وہ گلیوں اور بازاروں میں گھوم پھر کر بھیک مانگتا رہتا۔ آخری عمر میں وہ جامع المنصور کی سیڑھیوں پر بیٹھ کر بھیک مانگا کرتا تھا۔ لوگ اسے دیکھتے تھے اور عبرت حاصل کرتے تھے۔

***

۴

کالی بلا

عبد الحمید نظامی

نذیر کو اُس کے ماں باپ پیار سے "جیرا" کہہ کر پکارتے تھے۔ جب کوئی اُس سے پوچھتا کہ "منے تمہارا نام کیا ہے؟" تو وہ خود بھی توتلی زبان سے اپنا نام جیرا ہی بتاتا اور بہت خوش ہوتا۔ اُس کی ماں اس کے کالے کالے گال چوم کر اسے سینے سے لگا لیتی اور اس کی توتلی باتوں پر خوب ہنستی۔ ماں باپ کو اپنی اولاد سے ایک سی محبت ہوتی ہے، مگر چھوٹے بچے یا جس بچے میں کوئی نقص ہو تو وہ اس سے زیادہ محبت کرتے ہیں تاکہ وہ اپنے آپ کو دوسروں سے کمتر نہ سمجھے۔

نذیر کا رنگ دوسرے بہن بھائیوں کی نسبت کالا تھا اور چیچک نے تو اُسے اور بھی بدشکل کر دیا تھا۔ اس لیے اُس کی ماں، بشرہ اور بشیر سے زیادہ نذیر کو چاہتی تھی۔ بشرہ کا رنگ گورا تھا اور بال سنہرے تھے۔ وہ فراک پہن کر ولایتی گڑیا لگتی تھی۔ بشیر بھی کھلتے ہوئے گندمی رنگ اور اچھے ناک نقشے کا لڑکا تھا۔ یہ دونوں نذیر سے بڑے تھے۔ اور جب کبھی انھیں نذیر سے کوئی شکایت ہوتی یا وہ انہیں اپنی مٹھائی میں سے حصہ نہ دیتا تو وہ اُسے "جیرا۔ کالا جیرا۔" کہہ کر خوب چھیڑتے۔ وہ انھیں کو

ستا۔ "اللہ کرے بشرہ مر جائے! خدا کرے بشیر کا منہ بھی کالا ہو جائے!" مگر جتنا وہ مچلتا اور چڑِتا اُتنا ہی زیادہ وہ اسے ستاتے۔

نذیر کے ابا کے دوست یا آئے گئے مہمان جب نذیر کو دیکھتے تو ہنس پڑتے اور کہتے۔ "مجید صاحب! آپ کا یہ نمونہ الگ ہی ہے۔ ایک تو بچارے کا رنگ کالا ہے اُوپر سے چیچک نے اور بھی حلیہ بگاڑ کے رکھ دیا ہے۔"

نذیر کے ابا کھسیانے ہو کر کہتے۔ "بہت اچھا لڑکا ہے نذیر۔ پڑھنے لکھنے میں بہت ہوشیار ہے۔ آپ اس کی بنائی ہوئی تصویریں دیکھیں تو حیران رہ جائیں۔ وہ نذیر کو تصویریں لانے کے لیے کہتے مگر نذیر پھر ان کے سامنے نہ جاتا۔ اسی طرح جب گلی میں بچے کھیل رہے ہوتے اور وہ بھی کھیل میں شامل ہونا چاہتا تو کوئی نہ کوئی لڑکا اس کی صورت پر اعتراض کر دیتا۔ "ہم نہیں کھلائیں گے اسے اپنے ساتھ۔ صورت تو دیکھو جیسے ابھی بھاڑ میں سے نکل کر آیا ہو۔"

یہ سن کر نذیر کو اتنا صدمہ ہوتا کہ روتے روتے اُس کی ہچکی بندھ جاتی۔ وہ ہاتھ اٹھا کر دعا کرتا۔ "اللہ میاں! مجھے اتنا بد صورت کیوں بنایا ہے؟ ہر ایک میرا مذاق اڑاتا ہے۔ مجھ سے یہ باتیں برداشت نہیں ہوتیں، تو مجھے موت دے دے؟"

اس کی امی اُس کی یہ حالت دیکھتیں تو بلائیں لیتیں، گلے سے لگا کر پیار کرتیں اور پھر سمجھاتیں۔ "میرے لال! ظاہری خوب صورتی کوئی چیز نہیں۔ سچی خوب صورتی اچھی سیرت ہوتی ہے۔ تم اپنے اندر اچھے گن پیدا کرو، پھر سب تم سے پیار کرنے لگیں گے۔"

اسکول میں سبھی لڑکے نذیر کو کالا جیرا ہی کہہ کر پکارتے تھے، اس لیے رفتہ

رفتہ نذیر اس نام سے مانوس ہو گیا مگر نویں جماعت میں محمود کی شرارتوں نے ایک بار پھر اسے دکھی کر دیا۔ محمود کو اپنی اچھی صورت پر بڑا گھمنڈ تھا۔ اس کا رنگ سرخ و سفید، بال گھنگریالے، آنکھیں بھوری اور گال پھولے ہوتے تھے، جن پر سرخی جھلکتی تھی۔ لباس بھی بہترین سے بہترین پہن کر آتا۔ مگر ان سب باتوں کے باوجود اسے پڑھنے لکھنے کا شوق نہ تھا۔ گھر پر ہوتا تو اس کا زیادہ وقت بننے سنورنے اور تاش یا کیرم کھیلنے میں گزرتا اور اسکول میں آتا تو اپنی شرارتوں سے لڑکوں کا ناک میں دم کر دیتا۔ اسے اکثر سزا بھی ملتی تھی مگر وہ اس کی کوئی پروا نہ کرتا۔ وُہ مار کھانے کا عادی ہو چکا تھا۔ نویں جماعت میں فیل ہو گیا تھا، اس لیے نئے لڑکوں پر رعب رکھنے کے لیے آئے دن ایک دو کی ٹھکائی کرتا رہتا۔ خصوصاً نذیر کو تو بہت ہی ستاتا۔ کبھی کہتا۔ "سوتے میں بچارے کے منہ پر کوے ٹھونگیں مارتے رہے ہیں۔" کبھی کہتا۔ "صورت تو دیکھو، ایسا لگتا ہے جیسے گیلے اوپلے پر بوندیں پڑ گئی ہوں۔"

ایک دن جب کلاس میں ماسٹر صاحب نہ تھے، محمود نے لڑکوں کو اپنے ارد گرد بٹھا لیا اور کہنے لگا۔ "رات میں نے خواب میں ایک کالی بلا دیکھی۔ خوف سے حلق خشک ہو گیا۔ چیخنا چاہا تو آواز نہ نکلی۔ ہاتھ پاؤں سن ہو گئے اور ڈر کے مارے بستر پر ہی میرا پیشاب نکل گیا۔ بہت ہی ڈراؤنی شکل تھی اُس بلا کی۔"

"کیسی بلا تھی وہ؟" لڑکوں نے مصنوعی حیرت سے پوچھا۔

"وہ بلا؟" یہ کہتے ہوئے محمود آہستہ آہستہ آگے بڑھا اور نذیر کو دونوں کندھوں سے پکڑ کر سب کے سامنے کر دیا۔ "لو دیکھ لو! بالکل ایسی صورت تھی۔" لڑکوں کا ہنستے ہنستے برا حال ہو گیا مگر نذیر کے دل پر چھریاں سی چل گئیں۔ اُس دن

سے لڑکے اسے "کالی بلا" کہہ کر چھیڑنے لگے۔

نذیر نے اپنی امی سے محمود کی شکایت کی اور کہا۔ "امی وہ لڑکا میرا بہت مذاق اُڑاتا ہے۔ میرا خون کھول اُٹھتا ہے۔ کسی روز میں اُس کا سر پھوڑ دوں گا۔"

امی نے اسے قریب بٹھا لیا اور کہنے لگیں۔ "میرے لال! محمود تمہارا دشمن نہیں ہے۔ تم چڑتے ہو اس لیے وہ مذاق کرتا ہے۔ اگر تم اس کے چڑانے کا کچھ اثر نہ لو تو وہ خود بخود ان باتوں سے باز آجائے۔ میں نے ایک دفعہ پہلے بھی تھیں سمجھایا تھا کہ صُورت شکل تو چند روز ساتھ دیتی ہے۔ اصل چیز انسان کی قابلیت اور ہنر مندی ہے۔ تم بڑے ہو کر عملی دنیا میں قدم رکھو گے تو لوگ تمہاری شکل نہیں دیکھیں گے۔ وہ تمہارے گن اور قابلیت دیکھیں گے۔"

ماں کی اِس نصیحت کا نذیر کے دل پر بہت اثر ہوا۔ اُس نے تہیہ کر لیا کہ اب وہ کسی بات سے ہرگز نہیں چڑے گا، بلکہ اپنے اندر قابلیت پیدا کرے گا۔ اب وہ ہر وقت لکھنے پڑھنے میں لگا رہتا۔ جب پڑھتے پڑھتے تھک جاتا تو ڈرائنگ کا سامان لے کر بیٹھ جاتا یا سائنس کے تجربوں سے دل بہلاتا۔ جب طبیعت زیادہ اداس ہو جاتی تو آبادی سے باہر نکل جاتا، کھیتوں میں گھومتا، پرندوں کے چہچہے سنتا اور نہر میں خوب نہاتا، تازہ اور کھلی ہوا میں گھومنے اور نہر میں دیر تک نہانے سے اُس کے ہاتھ پاؤں کافی مضبوط ہو گئے۔ جسم میں خون بڑھ گیا اور دل ہر وقت خوش رہنے لگا۔ وہ محمود یا دوسرے لڑکوں کے مذاق کی ذرا بھی پروانہ کرتا اور نہ اپنی بدصورتی کے متعلق باتیں سن کر کوئی اثر لیتا بلکہ بڑی بے پروائی سے مسکرا کر منہ پھیر لیتا۔

امتحان ہوا تو نذیر اسکول میں اول آیا اور محمود اس بار بھی فیل ہو گیا۔ ماسٹر

صاحب نے نذیر کے تعلیمی شوق کی تعریف کرتے ہوئے تمام کلاس کے سامنے اسے دس روپے انعام دیے اور محمود پر لعنتوں کی بارش کی۔ ماسٹر صاحب کی اس حوصلہ افزائی پر نذیر کا دل باغ باغ ہو گیا۔ وہ اور بھی محنت اور شوق سے پڑھنے لگا۔ اسکول میں تقریر یا ڈرائنگ کے مقابلے ہوتے تو ان میں بھی نذیر اول آتا اور انعامات حاصل کرتا۔ محمود جسے اپنی خوبصورتی پر بہت ناز تھا، نذیر کی اس شہرت سے جلتا اور حسد کرتا۔ مگر اب لڑکے اُس کا ساتھ نہ دیتے بلکہ وہ دل سے نذیر کی عزت کرتے۔ ساتویں آٹھویں کے کئی طلبا نذیر سے پڑھنے اس کے گھر آنے لگے تھے۔

میٹرک کا نتیجہ نکلا تو نذیر صوبے بھر میں اول آیا اور اُسے وظیفہ ملا۔ کالج میں جاکر نذیر کے جوہر اور بھی کھلے۔ ہر امتحان نمایاں کامیابی کے ساتھ پاس کیا اور بی۔ ایس۔ سی کرنے کے بعد انجینئرنگ کورس میں شامل ہو گیا۔ اسے ڈرائنگ کا بچپن سے شوق تھا اور سائنس سے ہمیشہ دلچسپی رہی تھی۔ انجینئرنگ سے یہ دلچسپی اُس کی کامیابی کا باعث بنی اور چار سال کا یہ کورس اُس نے اِس نشان سے پاس کیا کہ رخصت کے وقت کالج کی طرف سے اُسے ایک شان دار پارٹی دی گئی اور اخباروں میں اُس کے فوٹو چھپے۔

کچھ عرصے بعد نذیر محکمہ تعمیرات میں ملازم ہو گیا اور اُس کی آٹھ سو روپے تنخواہ مقرر ہوئی۔ ایک دن وہ اپنے محکمے کے ایک دفتر کا معائنہ کر رہا تھا کہ اس نے ہیڈ کلرک کو ایک خوب صورت اور سوٹڈ بوٹڈ کلرک پر بری طرح بگڑتے دیکھا۔ ہیڈ کلرک اُس سے کہہ رہا تھا۔ "جتنا تم بن سنور کر آتے ہو، اتنا اچھا کام بھی کر کے دکھاؤ، تب بات ہے۔ انسان کا چام پیارا نہیں ہوتا کام پیارا ہوتا ہے۔"

نذیر نے آگے بڑھ کر دیکھا تو وہ نالائق کلرک محمود تھا۔ محمود نے افسر کو سامنے دیکھتے ہی گھبرا کر سلام کیا اور پھر پہچان کر حیران رہ گیا۔

نذیر کے جانے کے بعد وہ ہاتھوں میں سر تھام کر کرسی پر گر پڑا اور سوچنے لگا۔

"یہ اعلیٰ افسر، یہ بڑا آدمی، یہ کوٹھی میں رہنے والا صاحب، یہ کار میں گھومنے والا رئیس میرا وہی بدصورت ہم جماعت ہے، جسے میں "کالی بلا" کہا کرتا تھا۔ کاش میں نے اپنی خوبصورتی قائم رکھنے کی بجائے کچھ گن بھی سیکھے ہوتے! پھر میں بھی آج ایک معمولی کلرک ہونے کی بجائے کسی اعلیٰ عہدے پر ہوتا۔"

اس کی آنکھوں میں آنسو آگئے جنہیں اس نے جلدی سے رُومال سے پوچھا اور پھر کاغذوں پر جھک گیا۔

٭٭٭

۵

حقیقت

مقبول انور داؤدی

انفلوئنزا کی وبا میں میرے ابا اور امی اللہ کو پیارے ہو گئے۔ اُس وقت میری عمر کوئی گیارہ سال ہو گی۔ دو بڑی بہنیں تھیں جن کی شادی ہو چکی تھی۔ ایک بہن اور ایک بھائی مجھ سے بھی چھوٹے تھے۔ گھرانا اچھا تھا۔ ابا مرحوم کو علم سے شوق ہی نہیں عشق تھا۔ فرمایا کرتے کہ میں اپنے بیٹے کو بڑا صاحب علم بناؤں گا لیکن قدرت اِن کے ارادوں پر مسکرا رہی تھی۔

ماں باپ کا انتقال کیا ہوا ہم پر مصیبتوں کا پہاڑ ٹوٹ پڑا۔ میں پڑھنا چاہتا تھا مگر پڑھنے کی کوئی صورت نہ تھی۔ رشتہ دار اور عزیز آتے، ماتم اور افسوس تو انہیں کیا کرنا تھا، صرف جائداد کو تاکنے آتے اور جس کے جو ہتے چڑھ جاتا، لے جاتا۔

گھر صاف ہو چکا تو اب سب بزرگوں کی صلاح کہیں ٹھہری کہ میں پڑھنے کا خیال ترک کر کے محنت مزدوری کروں اور چھوٹے بہن بھائی کے لیے روٹی مہیا کروں۔ میں نے بزرگوں کے کہنے پر عمل کیا اور امرتسر چلا گیا۔

امرتسر میں ایک بزرگ کے وسیلے سے ورکشاپ میں ملازمت مل گئی۔ میرا

استاد ان پڑھ لیکن اپنے کام میں خوب ماہر تھا، دو چار اور شاگرد بھی تھے۔ ہمارا کام دُور سے کوئلہ لانا اور بھٹی دہکانا تھا۔ ناز و نعم میں پلا ہوا بچہ اس مشقت کو کب تک برداشت کرتا۔ اس سے میری صحت پر بھی بہت برا اثر پڑا، لیکن روزی کی فکر غریبوں کی صحت کو کیسے قائم رہنے دیتی ہے۔

چند ماہ اسی طرح گزر گئے۔ ایک دن ہمارے استاد آئے تو وہ بڑے کھوئے کھوئے سے تھے۔ سیدھے منہ بات کرنا تو الگ رہا کسی کی بات کا جواب بھی نہ دیتے تھے۔ چہرے سے معلوم ہو رہا تھا کہ کوئی بہت بڑا صدمہ گزرا ہے۔ اس دن اُنھوں نے کام کو بھی ہاتھ نہ لگایا۔ سارے شاگرد حیران تھے اور استاد گم صم۔

آخر میں نے جرأت کر کے پوچھ ہی لیا کہ " اُستاد جی! کیا بات ہے، آج آپ اتنے غمگین کیوں ہیں؟ "

انھوں نے ایک ٹھنڈی سانس لی اور کہنے لگے۔ "جاؤ بیٹا! آج آرام کرو۔ میری طبیعت خراب ہے۔" اور اس کے ساتھ ہی بے ساختہ یہ کلمہ بھی اُن کے منہ سے نکل گیا۔ "جب قسمت ہی خراب ہو اور تقدیر ہی اُلٹی ہو تو انسان کیا کر سکتا ہے۔"

میں نے اصرار کیا۔ " آپ بتائیں تو سہی کہ آپ کو کیا صدمہ پہنچا ہے؟"

آخر بڑی مشکل سے کہا۔ "بیٹا! کیا بتاؤں، میری قسمت پھوٹ گئی۔ میرے لڑکے شفیع کو تم جانتے ہی ہو۔ اللہ آمین کا ایک ہی بیٹا ہے۔ رات اُس نے ماں کو بُری طرح مارا اور گھر سے زیور لے کر بھاگ گیا۔ آہ! اس کو میں نے بڑھاپے کا سہارا سمجھا تھا، وہ مجھے یوں دغا دے گیا۔"

یہ کہتے ہوئے اُستاد کی داڑھی پر آنسو موتی بن کر چمکنے لگے۔ جب اُن کا دل ہلکا

ہوا تو میں نے کہا۔ "اگر برا نہ مانیں تو عرض کروں؟"

"جو چاہو کہو، میں بدنصیب اب چھوٹوں کی باتیں بھی سنوں گا۔"

میں نے ڈرتے ڈرتے کہا۔ "اُستاد جی! آپ بڑے نیک انسان ہیں۔ لیکن ایک بات عرض کرتا ہوں کہ اب تو آپ بیٹے کی جدائی پہ آنسو بہارہے ہیں۔ مجھے اندیشہ ہے کہ بچے کی غلط تعلیم و تربیت کی بدولت آپ کی ساری نیکیاں ہی ضائع نہ ہو جائیں۔"

اُستاد صاحب حیران ہو کر بولے۔ "میری نیکیاں برباد ہو جائیں گی؟ آخر کیوں؟ میں نے کیا گناہ کیا ہے؟ یہ میری قسمت کا قصور ہے کہ میرا بیٹا نالائق نکلا۔ کون باپ چاہتا ہے کہ اُس کی اولاد نیک نہ ہو؟"

میں نے کہا۔ "یہ تو کوئی نہیں چاہتا لیکن اس کے باوجو ماں باپ ہی بچے کے بگاڑ کا باعث ہوتے ہیں۔"

وہ چمک کر بولے۔ "تو کیا میں نے اپنے بچے کو خراب کیا ہے۔ کیسی احمقانہ باتیں کرتے ہو؟"

میں نے کہا۔ "میری بات سُن لیجئے۔ اس کے بعد آپ کو حق ہے کہ آپ مانیں یا نہ مانیں۔ یہ آپ کا ایک ہی لڑکا تھا۔ آپ نے اُسے بڑی منتوں سے پالا ہو گا۔"

کہنے لگے۔ "تعویذ گنڈے کیے، مزاروں پر چڑھاوے چڑھائے، نذر نیاز دی اور جب یہ کم بخت پیدا ہوا تھا تو میں نے پانچ سو روپیہ خرچ کیا تھا۔ ساری برادری کی دعوت کی۔ بھانڈ اور مراسی جھولیاں بھر بھر کر لے گئے۔"

میں نے بیساختہ کہا۔ "شاید جب اُس نے پہلی دفعہ ماں کو گالی دی ہو گی تو آپ

نے لڈو بھی بانٹے ہوں گے؟"

میری یہ بات سن کر استاد کا منہ کھلا کا کھلا رہ گیا۔ حیران ہو کر بولے۔ "تم کو کیسے پتہ چلا۔ تم تو اس سے بہت چھوٹے ہو؟"

میں نے کہا۔ "میں نے سنا تو نہیں، لیکن عام طور پر ہمارے لاڈلے بچوں کا یہی دستور ہوتا ہے۔"

ایک لمبی آہ بھر کر کہنے لگے۔ "جس دن اُس نے ماں کو گالی دی تھی ہم نے بیس سیر لڈو بانٹے تھے۔"

میں نے کہا۔ "اسی لیے تو میں نے عرض کیا ہے کہ آپ بیٹے کو نہ روئیں۔ اپنی غلط تربیت پر آنسو بہائیں اور خدا سے ڈریں جو آپ سے پوچھے گا کہ میں نے ایک معصوم کو تمہارے پاس بھیجا تھا جس کو تم نے اپنی غلط تربیت سے برا آدمی بنا دیا۔۔۔"

میں کچھ اور کہنا چاہتا تھا لیکن اُستاد فوراً سجدے میں گر گئے اور دیر تک آنسو بہاتے رہے۔

***

۶

صبح کا بھولا

ڈاکٹر یونس جاوید

گھر سے اسکول جاتے جاتے اچانک حامد کے دل میں خیال آیا کہ آج چھٹی ہی کیوں نہ کی جائے۔ تمام دن سڑکوں پر گھوما پھرا جائے۔ باغ کی سیر کی جائے۔ تتلیاں پکڑی جائیں اور درختوں کے نیچے بیٹھ کر ٹھنڈی چھاؤں اور مزے دار کہانیوں کا لطف اٹھایا جائے۔ شاید یہ بات اس لئے اس کے دل میں آگئی تھی کہ آسمان پر اُجلے اُجلے بادل چھائے ہوئے تھے۔ شروع گرمیوں کا موسم تھا اور گھر سے نکلتے ہی جو ٹھنڈی خوشگوار ہوا حامد کے سینے میں بھری تو اس نے اسکول جانے کا پروگرام ملتوی کر دیا۔

"گھر والوں کو پتا نہ چل جائے۔" اس کے دل میں خیال آیا۔

"لو۔۔۔ بھلا گھر والوں کو کس طرح علم ہو سکتا ہے۔ میں گھر عین وقت پر جاؤں گا جس طرح ہر روز اسکول سے واپس جاتا ہوں۔" حامد نے اپنے دل میں آئے ہوئے خیال کو جھٹک دیا اور اسکول جانے والے راستے سے ہٹ کر دوسری سڑک پر ہو لیا۔

یہ سڑک ایک باغ میں جا نکلتی تھی۔ باغ کے بالکل ساتھ چڑیا گھر بھی تھا، جس میں مور، راج ہنس، شیر، چیتا، ریچھ، ہرن وغیرہ تھے مگر حامد کا خیال تھا کہ پہلے باغ کی سیر کی جائے۔ سو وہ تیز تیز چلتا ہوا باغ میں آگیا۔ اسے دیکھ کر حیرت ہوئی کہ باغ میں اس وقت رونق یا بھیڑ نہیں ہے۔ اس کا خیال تھا کہ میری طرح بہت سے اور لڑکے بھی اسکول سے بھاگ کر آئے ہوں گے۔ مگر یہاں تو باغ کے مالیوں کے سوا اور کوئی تھا ہی نہیں۔ وہ کچھ سوچتا ہوا ایک پہاڑی پر چڑھ گیا اور ایک کونے میں رکھے ہوئے خوبصورت بینچ پر آ بیٹھا۔ یہاں تک آتے ہوئے وہ تھک سا گیا اور ابھی تک خاک بھی لطف نہ آیا تھا۔ بستہ زمین پر رکھ کر وہ بینچ پر لیٹ جانا چاہتا تھا کہ اسے دو تین رنگ برنگی تتلیاں نظر آئیں۔ اس کا دل باغ باغ ہو گیا۔ کتنی خوبصورت ہیں یہ تتلیاں، ادھر سے ادھر اڑ رہی تھیں۔ جب حامد ان کے قریب پہنچتا تو وہ پھر سے اُڑ کر دُور جا بیٹھتیں۔ اس بھاگ دوڑ میں وہ پہاڑی کے دوسرے کنارے تک چلا گیا۔ یہاں تین چار تتلیاں ایک ساتھ بیٹھی تھیں۔ اس نے رومال پھینک کر دو پکڑ لیں۔ انہیں رومال میں باندھ لیا۔ باقی اُڑ کر نیچے کی طرف جا رہی تھیں اور وہ ان کے پیچھے پیچھے دُور تک چلا گیا اور بڑی تگ و دو کے بعد ایک تتلی اور پکڑ سکا۔ وہ اس وقت تھکن محسوس کر رہا تھا۔ وہ تتلی کو جیب میں ڈال کر رومال میں بندھی تتلیوں کو تلاش کرنے لگا، جنہیں وہ ایک درخت کے نیچے رکھ گیا تھا۔ مگر اسے سخت افسوس ہوا۔ دو تتلیوں میں سے ایک اُڑ چکی تھی۔ ناچار اس نے دونوں کو رومال میں باندھ لیا اور بستے کو تلاش کرنے لگا۔ سامنے ہی بینچ تھا، وہ دوڑ کر قریب آیا تو اس کے نیچے بستہ نہیں تھا۔ وہ بڑا حیران ہوا۔ جس طرف نگاہ اُٹھا کر دیکھتا اسے کوئی نہ کوئی بینچ دکھائی دیتا۔

لیکن ان کے نیچے بستہ نظر نہ آتا تھا۔ شاید وہ بھول چکا تھا کہ اس نے کسی بینچ کے نیچے رکھا ہے۔ ایک گھنٹے تک وہ مارا مارا پھرتا رہا۔ اسے پیاس بھی لگ رہی تھی۔ وہ آہستہ آہستہ چلتا ہوا پہاڑی سے نیچے اُترنے لگا۔ سامنے ایک بینچ تھا۔ اس کے نیچے اس کا زرد بستہ رکھا تھا۔ وہ بھاگ کر قریب پہنچا اور بستے کو اُٹھانے کے لیے ہاتھ بڑھایا تو اس کی چیخ نکل گئی۔ وہ جنگلی بلا تھا جو سو رہا تھا۔ وہ پہلے تو غرایا اور پھر اس نے زور سے چھلانگ لگائی کہ حامد پہاڑی پر سے پھسلتے پھسلتے بچا۔ اس کا دل دھک دھک کر رہا تھا۔

وہ مایوس ہو کر سہا ہوا مڑا تو اس کے پاؤں کے بالکل قریب سے ایک مینڈک اچھل پڑا۔ وہ مینڈک سے ڈرتا تو نہیں تھا۔ مگر اچانک اس کے اچھلنے سے ڈر گیا تھا۔

اسے یاد آیا کہ اس جگہ سانپ سے بھی سامنا ہو سکتا ہے۔ اس خیال کا آنا تھا کہ اس کے سامنے کالے سیاہ اور زرد زرد سانپ رینگنے لگے۔ اس نے ایک منٹ تک آنکھیں بند رکھیں اور پھر براسامنہ بنا کر پہاڑی سے اترنے لگا۔ سڑک پر آکر اس کے دل سے ایک بوجھ اترتا ہوا محسوس ہوا۔ اس نے اطمینان کا سانس لیا اور چلنے ہی والا تھا کہ خیال آیا کہ بستہ پہاڑی پر رہ گیا ہے۔ وہ اس خیال سے اُداس ہو گیا۔ دوبارہ پہاڑی پر چڑھنے کی اس میں ہمت نہیں تھی۔ وہ بغیر سوچے سمجھے سڑک پر چلنے لگا۔ جوں جوں آگے بڑھ رہا تھا، اُس کے پاؤں من من کے ہو گئے تھے۔ وہ بستہ لئے بغیر گھر کیوں کر جا سکتا ہے۔ یوں تو سارا بھانڈا پھوٹ جائے گا اور شاید پھر اس پر اعتماد نہ کیا جائے اور اسکول کے لڑکے بھی اسے آوارہ سمجھیں اور ماسٹر صاحب بھی اسے نالائق لڑکوں کی فہرست میں جگہ دیں۔ ہائے! وہ کیوں اسکول نہ چلا گیا۔

اب چڑیا گھر کی دیوار شروع ہو گئی تھی۔ دیوار کیا تھی۔ جنگلہ تھا جس میں سے

اکثر جانور دکھائی دے رہے تھے۔ وہ جنگلے کے پاس کھڑا ہو کر ہرن کو دیکھنے لگا جو گھاس کھا رہا تھا۔ اس کے دائیں طرف پانی کے چھوٹے سے جوہڑ میں راج ہنس تیر رہے تھے اور دُور سے شیر کے دھاڑنے کی آواز بھی آ رہی تھی۔ وہ ایک منٹ کے لئے بستے کو بھول گیا اور جانور دیکھنے لگا۔ کچھ اور لوگ بھی پنجروں سے کچھ دور کھڑے جانور دیکھ رہے تھے اور انہیں چنے وغیرہ بھی کھلا رہے تھے۔ یکا یک اسے طاہر نظر آیا۔

طاہر اس کا خالہ زاد بھائی تھا اور اس سے دو برس بڑا تھا۔ اُس نے سوچا اگر طاہر مان جائے تو بستہ تلاش کیا جا سکتا ہے اور یہی کچھ سوچ کر اُس نے فوراً طاہر کو آواز دی مگر طاہر تک یہ آواز نہ پہنچ سکی۔ طاہر وہاں سے ہٹ کر بندر دیکھنے آگے نکل گیا۔

حامد اس وقت بڑا بے چین تھا۔ اُسے بستہ تلاش کر لینے کا ایک راستہ دکھائی دیا تو تھا مگر اب چڑیا گھر کے ٹکٹ کی مجبوری تھی اور جیب میں صرف دس پیسے تھے۔

اچانک اُسے ایک ترکیب سوجھی۔ اس کے سامنے ایک جگہ سے جنگلہ ٹوٹا ہوا تھا۔ ادھر اُدھر دیکھ کر اس نے قدم آگے بڑھائے اور چاہتا تھا کہ اندر کود جائے مگر سڑک پر دو راہگیروں کے آگے جانے سے وہ رک گیا۔ وہ لوگ گزر گئے تو اس نے دوبارہ ہمت باندھی اور ٹوٹے ہوئے جنگلے سے اندر قدم رکھ دیا۔ ایک لمحے میں وہ چڑیا گھر کے اندر تھا۔

وہ خود تو اندر پہنچ گیا تھا مگر ٹوٹے ہوئے جنگلے کی ایک کیل میں اس کی قمیض بُری طرح پھنس گئی تھی جسے چھڑانے کے لئے اُسے دو منٹ رکنا پڑا۔ کوشش کے باوجود قمیض تار میں اٹکی رہی۔ اس نے ایک جھٹکے سے قمیض علیحدہ کی تو وہ اوپر تک

پھٹ گئی۔

وہ ابھی اپنی پھٹی ہوئی قمیض دیکھ ہی رہا تھا کہ ایک خاکی وردی والے چڑیا گھر کے نگران نے اُسے گردن سے دبوچا۔ اس کی چیخ تک نہ نکل سکی۔ اُس نے ہاتھ پاؤں مار کر اپنے آپ کو چھڑانے کی کوشش کی مگر بے سود۔ ناچار وہ ہانپ کر رہ گیا۔

"مجھے چھوڑ دو۔" اس نے ممیا کر کہا۔

"کیوں چھوڑ دو؟ تم بغیر ٹکٹ اور غلط راستے سے اندر آئے۔۔۔ تمہیں اب پولیس کے حوالے کیا جائے گا۔" پولیس کا نام سن کر تو حامد کے پاؤں تلے سے زمین نکل گئی۔ آنکھوں میں آنسو آ گئے اور حلق سوکھنے لگا۔ وہ آدمی حامد کو اپنے دفتر کی طرف گھسیٹنے لگا۔ حامد پھس پھس کر کے رونے لگا تھا۔ اس نے لاکھ منتیں کیں مگر اس آدمی نے اُسے نہ چھوڑا اور اپنے افسر کے پاس لے گیا۔

یہ ایک بڑی بڑی مونچھوں والا سیاہ رنگ کا موٹا سا آدمی تھا۔ حامد اُسے دیکھ کر ہی ڈر گیا۔ مگر وہ آدمی قدرے رحم دل نکلا۔ اُس نے حامد سے سب حالات پوچھے۔ حامد نے اُسے سب کچھ بتایا اور پھر رونے لگا۔ اس بڑے افسر نے اسے تسلی دی اور کہا تمہیں بہت تھوڑی سزا ملے گی۔ صرف اتنی کہ آج شام تک تمہیں اس چھوٹے سے کمرے میں بند رہنا پڑے گا۔ اس نے یہ کہہ کر چپڑاسی کو اشارہ کیا تو واقعی چپڑاسی نے اسے چھوٹے سے تاریک کمرے میں بند کر دیا۔

اس کمرے میں حامد کا دم گھٹ رہا تھا۔ اُس کا دل پھوٹ پھوٹ کر رونے کو چاہ رہا تھا۔ کاش، وہ اسکول سے چھٹی نہ کرتا۔ وہ گھٹنوں میں سر دے کر سسکنے لگا اور دیر تک سسکتا رہا حتیٰ کہ اس افسر نے خود دروازہ کھولا اور اس شرط پر رہا کر دیا کہ آئندہ

کبھی وہ اسکول سے نہیں بھاگے گا۔ حامد نے وعدہ کیا اور کمرے سے باہر نکل آیا۔ چپڑاسی اُسے چڑیا گھر کے دروازے تک چھوڑنے آیا تھا۔

وہ اس وقت بے حد غمگین تھا۔ اتنا غمگین کہ اُسے بہت دیر تک چلنے کے بعد یہ بات معلوم ہوئی کہ اس کا ایک جوتا غائب ہے۔ ایک جوتا ایک پاؤں میں تھا، دوسرا جانے اس افراتفری میں کہاں گم ہو گیا تھا۔ اس کے دکھ میں اور بھی اضافہ ہو گیا۔

وہ پھٹی ہوئی قمیض، ایک جوتا ہاتھ میں پکڑے بغیر بستے کے روتا بسورتا جب گھر میں داخل ہوا تو شام ہو چکی تھی۔ اس کے ابا جان برآمدے میں کرسی پر بیٹھے کوئی کتاب پڑھ رہے تھے۔ انہوں نے حامد کو اس حالت میں دیکھا تو انہیں بہت غصہ آیا۔

حامد کچھ کہنے کے بجائے رونے لگا۔ رونے کی آواز سن کر امی دوڑتی آئیں اور بیٹے کی بلائیں لینے لگیں۔ حال پوچھا تو حامد نے شروع سے آخر تک سچ سچ بتا دیا۔ اس پر اس کے ابا جان کو اور بھی غصہ آیا مگر حامد نے فوراً کہا۔ "ان سب چیزوں کے باوجود میں نے آج کا سبق اچھی طرح یاد کیا ہے ابا جان۔"

"وہ کیا؟" اس کے ابا ذرا نرم ہو کر بولے۔

" یہ کہ اسکول سے نہیں بھاگنا چاہئے۔ تتلیوں کو یا کسی بھی پرندے یا جانور کو قید نہیں کرنا چاہیے۔ بغیر ٹکٹ کے چڑیا گھر میں داخل نہیں ہونا چاہیے۔" یہ کہتے ہوئے حامد نے رومال سے دونوں تتلیوں کو نکالا اور اچھال دیا۔ وہ ہوا میں اُڑنے لگیں اور سامنے درخت پر جا بیٹھیں۔

"خوب۔۔۔" اس کے ابو بولے۔" اگر واقعی تم نے ان تکلیفوں کے بعد یہ

سبق سیکھا ہے تو پھر تم بڑے خوش قسمت ہو، لہٰذا تمہارا قصور معاف۔"

حامد مارے خوشی کے ماں سے لپٹ گیا۔ اس کے ابا بھی پاس کھڑے مسکرا رہے تھے۔

***

۷

سیاہ ٹوپی والا

عبدالرشید فاروقی

انہوں نے پلٹ کر چرواہے کی طرف دیکھا اور آہستہ آہستہ چلتے ہوئے دوبارہ اس کے پاس آگئے اور سرد آواز میں بولے:

"ہاں تو وہ سیاہ ٹوپی والا آدمی کہاں چھپا ہوا ہے؟"

چرواہا گھبرا کر ادھر ادھر دیکھنے لگا۔

"نوجوان! میرا تعلق پولیس سے ہے، آپ کو کسی سے ڈرنے کی ضرورت نہیں ہے۔"

"صاحب! میں کہہ چکا ہوں، میں نے کسی سیاہ ٹوپی والے کو یہاں نہیں دیکھا ہے۔"

"مانتا ہوں، آپ اچھی اداکاری کر رہے ہیں لیکن شاید نہیں جانتے، اس وقت آپ کس سے بات کر رہے ہیں۔ میرا نام انسپکٹر خان ہے اور مجھ سے کوئی بات چھپی نہیں رہ سکتی۔ میں دعوے سے کہہ سکتا ہوں، آپ نے اس سیاہ ٹوپی والے کو دیکھا ہے۔ کیا میں غلط کہہ رہا ہوں؟"

"جی بالکل! آپ سو فی صد غلط کہہ رہے ہیں۔ میں نے یہاں کسی کو نہیں دیکھا۔" چرواہے نے اعتماد سے جواب دیا۔

"ٹھیک ہے، لیکن جب میں یہاں سے آگے جانے لگا تو آپ مسکرائے کیوں تھے؟" انسپکٹر خان کے لبوں پر مسکراہٹ تھی۔

"اس کا یہ مطلب تو نہیں، میں نے اس سیاہ ٹوپی والے کو چھپایا ہے۔" چرواہے نے جھنجلا کر کہا۔

اس کی بات سن کر انسپکٹر خان خاموش ہوگئے۔ وہ برابر اس کی طرف دیکھ رہے تھے۔ چرواہے کی آنکھوں میں اب الجھن کے آثار نمایاں نظر آنے لگے تھے۔ وہ سامنے کھیت میں موجود اپنی بھیڑوں کو دیکھ رہا تھا۔ انسپکٹر خان اس کے دائیں طرف موجود تھے۔ اچانک وہ مسکرائے اور دھیرے سے بولے:

"وہ سیاہ ٹوپی والا ایک مجرم ہے، ایک بس لوٹ کر بھاگا ہے۔ اسے پکڑوانے میں آپ میری مدد کریں، میں حکومت سے آپ کو انعام دلوانے کی کوشش کروں گا۔"

انسپکٹر خان کی بات سن کر چرواہے نے پلٹ کر اس کی طرف دیکھا۔ اس کے چہرے کے تاثرات تھوڑی دیر کے لیے تبدیل ہوئے مگر پھر فوراً وہ نارمل ہوگیا۔

"انسپکٹر صاحب! میں سچ کہتا ہوں، میں نے کسی سیاہ ٹوپی والے کو یہاں نہیں دیکھا۔ دیکھا ہوتا تو ضرور اس کے متعلق آپ کو آگاہ کردیتا۔ میں پڑھا لکھا ہوں، جانتا ہوں، پولیس کی مدد کرنا میرا فرض ہے، لیکن میں کیا کرسکتا ہوں۔ میں نے اُسے نہیں دیکھا۔" چرواہا کہتا چلا گیا۔

"میرا خیال ہے، آپ کو پیسوں کی ضرورت نہیں ہے۔" انہوں نے آہستہ سے کہا۔

چرواہے نے چونک کر ان کی طرف دیکھا:

"انسپکٹر صاحب! ایک ہفتے بعد میری بہن کی شادی ہے۔ مجھے پیسوں کی کیسے ضرورت نہیں ہو سکتی!"

"آپ کے والد صاحب کہاں ہیں؟" انہوں نے اچانک پوچھا۔

"کیا مطلب!!!" چرواہا یوں اُچھلا، جیسے اسے کسی بچھو نے ڈنک مار دیا ہو۔ اس کی آنکھوں میں زمانے بھر کی حیرت اور خوف در آیا۔

"میں نے پوچھا ہے، آپ کے والد صاحب کہاں ہیں؟"

"وہ۔۔۔وہ۔۔۔وہ ایک کام سے شہر گئے ہیں۔ بہن کی شادی ہے نا، کچھ سامان وغیرہ خریدنے گئے ہیں۔"

"ان کا نام کیا ہے؟"

"نام۔۔۔ہاں، ان کا نام ارسلان حمیدی ہے۔" چرواہے پر گھبراہٹ پوری طرح حاوی تھی۔

"کیا میں آپ کے پاس بیٹھ سکتا ہوں؟"

"کک۔۔۔کیوں، آپ میرے پاس کیوں بیٹھیں گے۔" چرواہا اُچھل کر ایک قدم پیچھے ہٹ گیا۔

"میں آپ کے والد صاحب سے ملنا چاہتا ہوں۔"

"لیکن۔۔۔وہ آپ کا سیاہ ٹوپی والا۔۔۔" چرواہے نے کہنا چاہا۔

"اسے پھر پکڑ لوں گا۔"

"کیا وہ بھاگ نہیں جائے گا۔" چرواہے نے جلدی سے کہا۔

"جی نہیں، وہ کہیں نہیں جا سکتا۔" وہ مسکرائے۔

نوجوان چرواہے نے مزید کوئی بات نہ کی۔ انسپکٹر خان اس کے قریب بیٹھ گئے اور کھیت میں چرتی اس کی بھیڑوں کو دیکھنے لگے۔

"اچھا، یہ تو بتائیں، وہ آئیں گے کس وقت۔" انسپکٹر خان نے اچانک گردن گھما کر چرواہے کی طرف دیکھا۔ اسے ایک طرف متوجہ دیکھ کر وہ مسکرائے۔ پھر انہوں نے اس کا کندھا پکڑ کر ہلایا:

"میں نے پوچھا ہے، آپ کے والد صاحب کب آئیں گے۔"

"جی وہ۔۔۔ معلوم نہیں، کہہ کر گئے تھے، انہیں زیادہ دیر بھی ہو سکتی ہے۔ ان کا انتظار نہ کیا جائے۔" چرواہے نے چونک کر کہا۔ اس کی گھبراہٹ میں اضافہ ہو گیا۔

"نوجوان! جھوٹ بولنا بہت آسان ہے لیکن ان لوگوں کے لیے جن کا کام ہی یہی ہوتا ہے۔ آپ جیسے لوگ جھوٹ نہیں بول سکتے۔ آپ نے اپنے والد صاحب کو بچانے کی بہت کوشش کی لیکن افسوس، آپ اس میں کامیاب نہیں ہو سکے۔" انسپکٹر خان نے اُٹھ کر کھڑے ہوتے ہوئے کہا۔ ان کے لبوں پر مسکراہٹ تھی۔

"کک۔۔۔ کک۔۔۔ کیا مطلب!!!" چرواہا حیرت سے اُچھل پڑا۔

"مم۔۔۔ میرا مطلب ہے، آپ اس سیاہ ٹوپی والے کو بچا نہیں سکے۔ میں نے جان لیا ہے، وہ کہاں چھپا ہوا ہے۔" انہوں نے اس کے انداز میں کہا۔

"نہیں۔۔۔یہ نہیں ہوسکتا۔ یہ نہیں ہونا چاہیے۔۔۔اُف میری۔۔۔" چرواہے کے چہرے کا رنگ فق ہوگیا۔

انسپکٹر خان نے گردن گھما کر اپنے عقب میں موجود ٹیلے کی طرف دیکھا اور نارمل آواز میں بولے:

"رحیم داد! آجاؤ۔"

فوراً ہی ٹیلے کی اوٹ سے نکل کر، دو سپاہی ان کے پاس آگئے۔ چرواہا انہیں دیکھ کر بہت زور سے اُچھلا۔ اس کے منہ سے نکلا:

"کیا مطلب ؟"

"مطلب یہ ہے نوجوان چرواہے، میں نے اس سیاہ ٹوپی والے کو تلاش کر لیا ہے۔"

"کہاں ہے وہ؟" چرواہے نے ڈوبتی آواز میں کہا۔

"آپ کی بھیڑوں کے پیچھے۔ میرا مطلب ہے، ان کے پیچھے ایک گڑھے میں۔" انسپکٹر خان نے مسکرا کر کہا۔

"اوہ۔۔۔" چرواہے کے منہ سے بے ساختہ نکل گیا اور پھر وہ زمین پر بیٹھتا چلا گیا۔

"نوجوان! اپنے والد صاحب سے کہو، رضا کارانہ طور پر خود کو میرے حوالے کر دیں۔ اگر انہوں نے ہوشیاری دکھانے کی کوشش کی تو آپ کو یا انہیں کوئی نقصان بھی پہنچ سکتا ہے۔ آپ لوگ اس پوزیشن میں نہیں ہیں۔۔۔اس لیے کہ آپ کی بہن کی شادی میں ایک ہفتہ رہ گیا ہے۔" انسپکٹر کہتے چلے گئے۔

"ابا جان! آجائیں۔۔۔اب چھپنے کا کوئی فائدہ نہیں۔ شاید اللہ کو یہی منظور ہے۔" اچانک چرواہے نے چلا کر کہا۔ انسپکٹر خان نے دیکھا، اس کی آنکھوں میں آنسو تھے۔ چند لمحے خاموشی میں گزر گئے۔ سیاہ ٹوپی والا گڑھے سے باہر نہ نکلا۔ یہ دیکھ کر چرواہے نے پھر کہا:

"ابا جان! باہر آجائیں، ان لوگوں کو آپ کے بارے میں سب معلوم ہو گیا ہے۔"

اور پھر گڑھے میں سے ایک آدمی برآمد ہوا۔ اس کے ہاتھ میں بڑا سا پستول تھا۔ وہ چلتا ہوا، ان کے پاس آگیا۔

"لائیں، یہ پستول مجھے دے دیں۔۔۔ یہ آپ کے ہاتھ میں اچھا نہیں لگتا۔ یوں بھی آپ اسے چلانا نہیں جانتے اور نہ شاید یہ آپ کا اپنا ہے، ورنہ اب تک دو چار فائر ضرور کر چکے ہوتے۔" انسپکٹر خان نے کہا اور اس پستول اس کے ہاتھ سے لے لیا۔

سیاہ ٹوپی والے کی آنکھوں میں آنسو تھے، سر جھکا ہوا تھا۔ وہ کہہ رہا تھا:

"انسپکٹر صاحب! میں یہ سب کرنا نہیں چاہتا تھا۔۔۔ لیکن۔"

"لیکن حالات انسان کو مجبور کر دیتے ہیں۔" انسپکٹر خان نے کہا۔

"انسپکٹر صاحب! میری بہن۔۔۔" چرواہے نے رندھی ہوئی آواز میں کہا۔

"آپ فکر نہ کریں۔۔۔" انسپکٹر خان نے کہا۔ وہ سیاہ ٹوپی والے کی طرف متوجہ ہوئے:

"بے شک آپ مجبور تھے لیکن آپ نے راستہ غلط چنا، اس کی سزا تو آپ کو ملے لیکن میں وعدہ کرتا ہوں، آپ کی بیٹی کی شادی ضرور ہو گی اور اچھے طریقے سے

ہو گی۔۔۔ان شاء اللہ۔"

انہوں نے رحیم داد کو اشارہ کیا۔ اس نے آگے بڑھ کر سیاہ ٹوپی والے کو گرفتار کر لیا۔ پھر وہ اسے لے کر شہر کی طرف روانہ ہو گئے۔ راستے میں انسپکٹر خان اپنے ماتحت رحیم داد سے کہہ رہے تھے:

"رحیم داد! انسان پر مشکل وقت آتا ہے لیکن اسے غلط راستوں پر نہیں چلنا چاہیے۔ مشکل وقت آدمی پر اس کے مالک کی طرف سے امتحان ہوتا ہے۔ اچھے اور سچے مسلمان امتحان میں ضرور کامیابی حاصل کرتے ہیں۔ ارسلان حمیدی پر بھی مشکل وقت آیا، لیکن انہوں نے غلط راستے کا انتخاب کیا۔ بہت سے لوگوں کو تکلیف دے کر اپنا مسئلہ حل کرنا چاہا لیکن چوں کہ یہ عادی مجرم نہیں ہیں، اس لیے اپنے مقصد میں کامیاب نہ ہو سکے۔"

رحیم داد اور اس کا ساتھی ان کی تائید میں سر ہلانے لگے جب کہ ارسلان حمیدی کا جھکا سر، مزید جھکتا چلا گیا۔

***

۸

اک ذرا سی شرارت

حسن اختر

دوپہر کا وقت اور شہر کا میلہ عروج پر تھا۔ ڈگڈگی کی ڈُگ ڈُگ پر اسد اور سیما متوجہ ہوئے۔ پاپا سے مداری کا تماشا دیکھنے کے لیے اصرار کیا تو انہوں نے بچوں کی فرمائش قبول کرتے ہوئے رضامندی ظاہر کر دی۔ مداری کا ریچھ ڈگڈگی کی آواز پر بڑی مہارت سے ناچ رہا تھا۔ پاپا کی انگلیاں تھامے اسد اور سیما کو دیکھ کر ریچھ جس کا نام بھولو تھا ایک لمحے کے لیے رُک گیا، اپنے بچپن کے دوست منکو کی طرف حسرت بھری نگاہوں سے دیکھا اور ایک لمبا سانس لیا۔ تخیل کے گہرے سمندر میں غوطہ لگا کر بھولو برسوں پرانی جنگل کی زندگی میں پہنچ گیا تھا۔ بھولو کی آنکھوں کے سامنے گزشتہ زندگی ایک فلم کی طرح چل رہی تھی۔

بھولو اپنے والدین کے ساتھ جنگل میں رہتا تھا۔ ان کے پڑوس میں بندروں کا ایک خاندان آباد تھا۔ بندر فیملی کا اکلوتا بچہ منکو بھولو کا ہم عمر اور دوست تھا۔ والدین کے لاڈ اور پیار سے دونوں کی عادتیں بگڑ گئی تھیں۔ وہ مل کر خوب شرارتیں کرتے اور محظوظ ہوتے تھے۔

کبھی وہ راستے میں کیچڑ اور کیلے کے چھلکے پھینک کر چُھپ جاتے۔ راہگیر جانوروں کو پھسل کر گرتا دیکھ کر ان پر طنز کرتے، ہنستے اور فقرے کستے تھے۔ ہاتھی چاچا، بی لومڑی اور کئی دیگر جانور ان کی شرارتوں کا نشانہ بن چکے تھے۔ آئے روز کے شکوے شکایات سے ان کے والدین بہت شرمندگی اور ندامت محسوس کرتے تھے۔

ایک بار تو حد ہی ہوگئی جب بھولو اور منکو نے بلندی سے جنگل کے بادشاہ شیر کے راستے میں پتھر لڑھکا دیا۔ وہ خوش قسمتی سے بال بال بچ گئے۔ لیکن اس شرارت کے بعد بھولو اور منکو کے والدین کو بادشاہ سلامت کی جانب سے سخت تنبیہ اور خبرداری کا سامنا کرنا پڑا۔ والدین نے تنگ آکر دونوں کو آخری بار سمجھاتے ہوئے کہا، "تم دونوں شرارتوں سے باز نہ آئے تو ایک دن پچھتاؤ گے لیکن اس وقت پچھتاوا تمہارے کام نہیں آئے گا۔"

ڈھیٹ بھولو اور منکو نے ہمیشہ کی طرح یہ نصیحت بھی ایک کان سے سُنی اور دوسرے سے نکال کر ہوا میں اُڑادی۔ انہیں ایک نئی اور انوکھی شرارت سُوجھی۔ ان کے گھر کے پاس ہی ایک چٹان پر شہد کی مکھیوں نے چھتہ بنا رکھا تھا۔ بھولو اور منکو نے چھتے کو پتھر مارے اور شہد تیزی سے زمین پر بہنے لگا۔ وہ مزے دار شہد چاٹ رہے تھے اور دل ہی دل میں خوش ہو رہے تھے۔ منکو بولا، "سب کہتے ہیں کہ ہم شرارتی ہیں حالانکہ ہم تو بہت عقلمند ہیں۔ بھلا شرارت کا پھل شہد کی طرح میٹھا ہو سکتا ہے؟"

بھولو نے اس کی تائید میں کہا، "ہمم اصل مزہ تو شہد کھانے میں ہے۔ دراصل

سب جانور بے وقوف ہیں اور ہماری عقل مندی سے جلتے ہیں۔"

دونوں نے پیٹ بھر کر شہد کھایا اور خوشی سے "ہُراوہ مارا!" کا نعرہ بلند کیا اور اپنے اپنے گھروں کو چل دیے۔ مکھیاں بہتے ہوئے شہد کو بے بسی سے دیکھتی رہ گئیں۔ ان کی مہینوں کی محنت پل بھر میں خاک میں مل چکی تھی۔ مکھیوں کی ملکہ نے سب کو اکٹھا کیا اور کہا،" اس طرح ہاتھ پر ہاتھ دھرے بیٹھنے کا کوئی فائدہ نہیں۔ قدرت نے ہمیں شہد بنانے کی صلاحیت کے ساتھ ساتھ اپنے دفاع کے لیے ڈنک جیسے ہتھیار سے بھی لیس کیا ہے۔ جس کے استعمال سے ہم دشمن کے خلاف دفاع کر سکتی ہیں۔ آئندہ جب بھولو اور منکو شہد گرانے کی نیت سے آئیں تو اس سے پہلے ان پر ٹوٹ پڑو۔ اسی صورت میں ہم اپنی اور بچوں کی خوراک بچا سکتی ہیں۔ ملکہ نے ان کی حرکتوں کی جاسوسی کے لیے کچھ مکھیوں کی ڈیوٹی لگادی۔

اگلے دن مقررہ وقت پر جب بھولو اور منکو شہد کے ایک چھتے کی طرف بڑھ رہے تھے تو ملکہ نے لڑاکا مکھیوں کو حملے کا حکم سنا دیا۔ شہد کی مکھیوں کے جُھنڈ نے بھولو اور منکو پر ہلہ بول دیا۔ ہزاروں کی تعداد میں مکھیوں کے اچانک وار سے انہیں یوں لگا، جیسے دن میں اندھیرا چھا گیا ہو۔ وہ مکھیوں کے شدید حملے کی تاب نہ لاتے ہوئے بھاگ کھڑے ہوئے۔ دوڑتے دوڑتے وہ جنگل سے شہر کے مضافات میں واقع ایک میدان میں پہنچ گئے۔ اب وہ تھک چکے تھے۔ مکھیاں لگاتار ان کے جسم میں ڈنک پیوست کر رہی تھیں۔ بھولو اور منکو مکھیوں کے جُھنڈ کے خلاف ناکام مزاحمت اور بے بسی سے اچھل کود رہے تھے۔ ایک آدمی دور سے یہ منظر دیکھ رہا تھا۔ بھولو اور منکو کو اس انداز میں کودتا دیکھ کر اس آدمی نے دونوں کے اندر چھپا

ایک ٹیلنٹ تاڑ لیا تھا۔

وہ دوڑا دوڑا ان کے پاس پہنچا۔ نیم بے ہوش بھولو اور منکو کی جان مکھیوں سے تو چھڑائی تاہم دونوں کو قابو کر لیا۔ بھولو کے ناک میں نتھلی اور منکو کے گلے میں رسی ڈال کر باندھا اور اپنے ساتھ گھر لے گیا۔

دراصل وہ آدمی بے روزگار تھا اور اس نے بھولو اور منکو کی اچھل کود سے ان کے اندر چُھپی ناچ اور کرتب کی صلاحیت دیکھ لی تھی۔ وہ آدمی دنیا کا پہلا مداری تھا جس نے یہ پیشہ اپنایا تھا۔ وہ بھولو اور منکو کو مزید کچھ تربیت دے کر سدھانے میں کامیاب ہو گیا۔

بھولو سوچ کے ان کچھ لمحوں سے ابھی پوری طرح باہر نہیں نکلا تھا کہ مداری نے اگلا اشارہ کر دیا اور بے بس بھولو ناچنے لگا۔ وہ خوشی سے نہیں مجبوری سے ناچ رہا تھا اور حسرت سے اسد اور سیما کی طرف دیکھ رہا تھا جو اپنے پاپا کی انگلیاں تھامے اس کا ناچ دیکھ رہے تھے، ساتھ ہی اس کے کانوں میں اپنے باپ کی آواز گونج رہی تھی ،"شرارتوں سے باز آجاؤ ورنہ پچھتاؤ گے لیکن اس وقت پچھتاوا کام نہیں آئے گا۔" منکو نے بھولو کی آنکھوں میں چلنے والی کہانی پڑھ لی تھی۔ لمحے بھر کے لیے اس نے بھی منہ بسورا مگر سب کچھ بھلا کر کرتب بازی میں مصروف ہو گیا کیونکہ اب اسی سے اس کی اور اسکے مالک کی روزی وابستہ تھی۔

بھولو اور منکو والدین کی نافرمانی اور شرارتوں کی سزا آج بھی بھگت رہے ہیں۔ ان کی نسلیں رہتی دنیا تک یہ قرض ادا کرتی رہیں گی۔ اسد اور سیما دونوں بہن بھائی ان رازوں سے بے نیاز مداری کا تماشا دیکھ کر خوشی خوشی پاپا کے ساتھ گھر واپس

آ گئے۔ لیکن بھولو اور منکو کے ذہن میں کئی سوالوں نے جنم لیا تھا جس کا جواب انسان ہی دے سکتا ہے۔

"ایک ذرا سی شرارت کی اتنی بڑی سزا ہو سکتی ہے کہ مداری انہیں گلی گلی اشاروں پر نچاتا پھر رہا ہے؟ کیا شرارت بچوں کا حق نہیں؟ شہر میں رہائش انسان کا حق ہے تو جنگل میں آزادی سے رہنا جانوروں کا حق کیوں نہیں؟" بھولو اور منکو جدید دور کے مہذب انسان کی طرف سے اپنے ان سوالوں کے جواب کے منتظر ہیں؟؟؟

***

۹

بیماری ہزار نعمت ہے

ڈاکٹر رؤف پاریکھ

ایک دن ہم اپنے کپڑوں پر استری کرنے بیٹھے تو ہمارے بڑے بھائی صاحب تشریف لے آئے۔ ان کے ہاتھ میں دھلے ہوئے کپڑوں کی ایک گٹھڑی تھی، کپڑوں کا یہ پہاڑ انھوں نے ہمارے سامنے ڈھیر کیا اور ایک نادر شاہی حکم صادر کر دیا کہ شام تک یہ سب کپڑے استری ہو جائیں۔

ہم کپڑے لے کر امی کے پاس پہنچے اور معصوم سا منھ بنا کر انھیں بھائی جان کے ظلم کی داستان سنائی لیکن ہوا یہ کہ نماز بخشوانے گئے تھے اور روزے گلے پڑ گئے۔ امی نے کہا کہ منی اور پپو کی یونی فارم بھی ساتھ ہی استری کر دینا۔ آخر بھائی بہنوں کے کام بھی بھائی ہی آتے ہیں۔ ذرا سا کام کہہ دیا تو جان نکلی جا رہی ہے، چلو جاؤ بڑے بھائی کے سب کپڑے منی اور پپو کی یونیفارم، میری ساڑھی اور اپنے تمام دھلے ہوئے کپڑے استری کر و چلو، خدا کی پناہ! آج کل کے لڑکے تو۔۔۔۔"

امی تو جانے کتنی دیر تک کچھ کہتی رہیں، ہم چپ چاپ سر جھائے استری کرتے رہے۔ "بڑے بھائی کے کپڑے اس وجہ سے کہ وہ بڑے ہیں۔ ان کی خدمت تمھارا

فرض ہے اور چھوٹے بھائی کے اس لیے کہ آخر چھوٹے بھائی ہیں۔ ابھی انھیں ایسے کاموں کی تمیز کہاں؟ تم بڑے ہو ذرا چھوٹے بھائی کا اتنا تو خیال کیا کرو۔"

"یہ الگ بات ہے کہ ہم سے بڑے ہم کو چھوٹا سمجھ کر خیال نہیں رکھتے اور چھوٹے ہمیں بڑا سمجھ کر کوئی خدمت نہیں کرتے۔ غرض اسی استری میں ٹیلی ویژن پر ہمارے پسندیدہ پروگرام بھی نکل گئے۔

اور باتیں تو خیر ہم جیسے تیسے سہہ لیتے مگر ایک چیز ہم سے برداشت نہیں ہوتی اور نہ ہی اس کے ساتھ اپنا گزارا ہے اور وہ ہے اسکول، گدھوں کی طرح ہوم ورک کرنا، توتوں کی طرح رٹنا، گھوڑے کی طرح چابک کھانا اور گائے کی طرح چپ رہنا۔ غرض اسکول کی وجہ سے ہم رفتہ رفتہ جانور بنتے جارہے تھے اور دوسری بات یہ کہ استاد صاحبان ہمارے ہی پیچھے پڑجاتے ہیں اور کسی سے کچھ نہیں کہتے۔ بس ہمارے سر پر ڈنڈا لیے کھڑے ہیں اور وہ بھی بہت معمولی باتوں پر، یعنی تاریخ کیوں یاد نہیں؟ الجبرے کے سوال کیوں نہیں نکالے؟ ایک ہفتے سے کہاں غائب تھے؟ جماعت میں امرود کیوں کھا رہے ہو؟ لیجیے یہ بھی کوئی بات ہوئی۔

خیر ہم نے بھی فیصلہ کرلیا تھا کہ جب تک بے آرامی کی فضا ختم نہ کرلی جائے، چین اور آرام حرام ہے، اس لیے دن رات غور و فکر ہی میں بسر ہونے لگے کہ اسکول اور کام کاج سے کس طرح چھٹکارا ملے؟" خدا بھلا کرے ہماری بھابی صاحبہ کا جو بیٹھے بٹھائے بیمار ہوگئیں اور ہم کو نہایت عمدہ ترکیب بلا قیمت بتادی گئی۔ ہم بھابی صاحبہ کی بیماری کو نہایت حسرت سے تکا کرتے تھے۔ یہ دودھ، یہ بسکٹ، یہ پھل، یہ آرام، یہ ناز برداریاں، یہ تیمارداریاں، یہ حسین بیماریاں۔ آخر کار ہم نے بھی بیمار

ہونے کا فیصلہ کر لیا۔

جوں جوں بھابی صحت یاب ہوتی گئیں، ہم بیمار ہوتے گئے، یعنی ادھر کا مال ادھر آتا گیا۔ جوں جوں بھابی کی بیماری گھٹی، ان کی ناز برداری گھٹی۔ ادھر ہم بیمار ہوتے چلے گئے اور ناز برداریوں کی کثرت ہوتی گئی۔ وہاں کے سارے پھل، دودھ کے گلاس اور بسکٹ کے پیکیٹ ادھر منتقل ہونے لگے۔ اسکول کی چھٹیاں الگ، ہمیں کوئی خاص بیماری تو نہیں تھی، بس کبھی پیٹ میں درد ہو جاتا۔ کبھی سر درد کے مارے پھٹنے لگتا اور کبھی ہاتھ پیر اینٹھ جاتے۔ دو ہفتے تو مزے سے کاٹ دیے لیکن اس کے بعد گھر والے اکتائے نظر آنے لگے۔ ڈاکٹر صاحب نے بھی معاملے پر سنجیدگی سے غور کرنا شروع کر دیا اور جب ان کا شک بڑھ گیا تو ایک دن ہماری موجودگی میں جان بوجھ کر بلند آواز سے بھائی جان کو بتایا کہ اب ایک کڑوی دوا دوں گا تاکہ رؤف جلدی سے ٹھیک ہو سکے۔ ورنہ پھر انجکشن۔۔۔۔"

یہ سن کر ہم دھک سے رہ گئے اور ڈاکٹر صاحب بھی تاڑ گئے لیکن ہم نے بھی مطمئن ہونے کی اداکاری شروع کر دی کیوں کہ وہ دوا تو ہمیں پینی نہیں تھی۔ البتہ برآمدے میں رکھا ہوا گملا روز بہ روز سوکھتا جا رہا تھا۔ ابا جان نے بھی ہمیں ایک دو بار ٹٹولنے والی نظروں سے دیکھا اور الٹے سیدھے سوال پوچھے۔ تب ہم نے سوچا کہ اب کافی ہو لیا۔ اب ایک دو ماہ ٹھہر کر یہ ناٹک رچائیں گے۔ مگر آنکھوں میں بار بار بسکٹ، پھل، دودھ اور سارے دن کا آرام پھرنے لگا اور ساتھ ہی اسکول کا بھی خیال آیا۔ ہم نے سوچا کہ بس دو دن اور یہ سب کر لیں۔ اس کے بعد تندرست ہو جائیں گے اور کچھ عرصے بعد۔۔۔۔ ہم یہ سب سوچ کر مسکرا دیے۔۔۔۔ مگر

افسوس کہ اب ہم اگر سچ مچ بیمار ہوتے ہیں تو بھی کسی کو یقین نہیں آتا بلکہ سب کہتے ہیں کہ " بہانے کر رہا ہے۔ اسکول نہیں جانا چاہتا" بھائی جان آنکھیں نکال کر کہتے ہیں، " جاؤ کپڑے استری کرو۔ پھر ہوم ورک کر لینا۔ استری کے بعد بازار سے سودا لے آؤ اور میری کل کی پارٹی کا انتظام کر لو۔" وغیرہ وغیر۔

دراصل ہوا یہ تھا کہ پپو صاحب ایک دن جب ہمارے کمرے میں ہمارے بسکٹ چرانے آئے تو انھوں نے اپنے اس بیمار بھائی کو دوا گملے میں انڈیلتے دیکھ لیا۔ اس دن امی کو گملے کے پودے سوکھنے کا راز معلوم ہو گیا اور ہم۔۔۔ اس کے بعد پھر کبھی بیماری نہیں ہو سکے۔ سارے آرام اور مزے ختم۔ حالاں کہ تندرست ہیں اور تندرستی کو ہزار نعمت کہا جاتا ہے لیکن ہم کو ایک بھی نعمت میسر نہیں۔ ہمارے ہاں ساری نعمتیں بیماروں کے لیے ہیں کہ تندرستی ہزار نعمت نہیں بلکہ بیماری ہزار نعمت ہے۔

***

۱۰

دس سال بعد

اشتیاق احمد

ابا جان کے فوت ہونے پر ہم سب نے سکھ کا سانس لیا۔ جب سے ہم نے ہوش سنبھالا تھا، وہ ہمارے سروں پر سوار ہی رہے تھے۔ انھوں نے ہماری زندگی اجیرن بنادی تھی۔ ہمیں نہ دن کو چین ملتا، نہ رات کو آرام۔ سچ تو یہ ہے، کبھی کبھی ہم جھنجھلا کر کہہ اٹھتے تھے۔

"اللہ کرے! یہ مر جائیں۔"

یہ دعا کرنے کے بعد اگرچہ ہمیں فوراً غصہ بھی آتا تھا کہ آخر ایسا بھی کیا۔۔۔ ہیں تو ہمارے ابا جان ہی۔۔۔ ایسی دعا تو غیر کے لیے بھی نہیں کرنا چاہیے۔۔۔ ہم دل ہی دل میں خود کو برا کہتے اور طے کر لیتے کہ آئندہ ایسی دعا ہرگز نہیں مانگیں گے، لیکن پھر جھنجھلاہٹ کا کوئی ایسا موقع آجاتا کہ یہ دعا منہ سے نکل ہی جاتی۔۔۔

اب پتا نہیں۔۔۔ یہ کیسے ہوا۔۔۔ اچانک انہیں دل کا دورہ پڑا اور وہ دوسری دنیا کو سدھار گئے۔۔۔ پہلے تو ہمیں یقین ہی نہ آیا، جب ڈاکٹر صاحب کے اطمینان دلانے پر یقین آیا کہ یہ واقعی فوت ہو چکے ہیں تو دلوں اور دماغوں پر سے ایک بھاری

بوجھ ہٹتا محسوس ہوا۔۔۔ بلکہ یوں لگا جیسے ہمارے سینوں پر ایک سل تھی جو ہٹ گئی ہے۔۔۔ ہم نے لمبے لمبے سانس لیے اور پھر ان کے کفن دفن کی تیاریوں میں لگ گئے۔۔۔ اور تو اور ہم نے گو صاف طور پر محسوس کیا تھا کہ ہماری امی جان نے بھی ان کے مرنے کی خبر سن کر سکون کا سانس لیا تھا۔۔۔ وہ بھی ہماری ہی طرح ان سے بہت تنگ تھیں۔۔۔ وہ تو کہہ دیا کرتی تھیں۔۔۔

"اللہ ایسا میاں کسی کو نہ دے۔۔۔ اور ایسا باپ بھی کسی کو نہ دے۔"

تین دن گو ہمارے گھر میں خوب رونا دھونا رہا۔۔۔ ہم سب خوب روئے۔۔۔ لیکن ہم جو بھی ہیں شروع کے چند آنسو ضرور دکھ کے آنسو تھے۔۔۔ اس کے بعد والے آنسو تو ہم نے زبردستی نکالے تھے۔۔۔ نکالنا پڑے۔۔۔ ورنہ لوگ کیا کہتے۔۔۔ یہ باپ کے مرنے پر روئے تک نہیں۔۔۔ کیسی اولاد ہے، اور امی جان کو تو آس پاس کی عورتوں سے خوب خوب طعنے ملتے۔۔۔ کیسی سخت دل بیوی ہے۔۔۔ میاں بے چارے اپنی جان سے گئے اور یہ ٹسوے بھی نہ بہا سکیں۔۔۔ لہٰذا اس قسم کے جملوں سے صاف بچ کر نکلنے کے لیے آنسو نکالنا ضروری تھا۔۔۔ سو نکالے اور خوب نکالے۔۔۔ بھئی آج کل مصنوعی آنسو نکالنا کیا مشکل ہے بھلا۔۔۔ پیاز کے پانی والے ہاتھوں سے آنکھیں ملنا شروع کر دو۔۔۔ آنکھیں بے چاری آنسو بہانے کو تیار ہو جاتی ہیں، ہمیں تو اس بارے میں ویسے بھی کئی اور طریقے آتے تھے۔۔۔ لہٰذا لوگوں نے خوب خوب تعریفیں کیں۔۔۔ واقعی۔۔۔ انہیں اپنے باپ سے بہت محبت تھی۔۔۔ ان کی والدہ کو اپنے خاوند سے کس قدر محبت تھی۔۔۔ تبھی تو رو رو کر آنکھیں سرخ کر لی ہیں۔۔۔

پھر تین دن بعد سب بہکاوے ختم ہوگئے۔۔۔ ہم نے سوچا، ہم مدتوں بعد گھوڑے بیچ کر سوئیں گے۔۔۔ خوب جی بھر کے نیند کے مزے لوٹیں گے، صبح ہمیں کوئی نماز کے لیے نہیں اٹھائے گا۔۔۔ کوئی ٹی وی کے آگے بیٹھنے سے نہیں روکے گا، کوئی گانا سننے سے منع نہیں کرے گا۔۔۔ صبح سے ہماری عیش ہی عیش ہوگی۔۔۔

اس سوچ کے ساتھ ہم لمبی تان کر سو گئے۔۔۔ صبح سویرے اٹھانے کی فکر جو نہیں تھی، لمبی نہ تانتے تو اور کیا کرتے۔۔۔ دوسرے دن ہم آٹھ بجے تک سوتے رہے۔۔۔ مدتوں بعد آرام کا سونا ملا تھا، پھر تو یہ ہمارا معمول بن گیا، ہم نماز، روزے سے دور ہوتے چلے گئے۔۔۔ اور باقی سب چیزوں سے نزدیک ہوتے گئے۔۔۔ ہم اپنے آپ میں مگن ہو گئے۔۔۔ کبھی سوچا بھی نہ کہ ابا جان کے ہوتے ہوئے ہمارے معمولات کیا تھے اور اب کیا ہو گئے۔۔۔

ہم نے پورے دس سال اسی بے فکری کی حالت میں گزار دیے۔۔۔ دس سال بعد جا کر اچانک ہمیں معلوم ہوا۔۔۔ ابا جان کے ہوتے ہوئے گھر میں جو کچھ تھا۔۔۔ آہستہ آہستہ وہ سب ختم ہو گیا تھا۔۔۔

اب ہمارے سامنے تنگ دستی کا ایک پہاڑ کھڑا تھا۔۔۔ اس پہاڑ سے ٹکرانے کی ہم میں بالکل ہمت نہیں تھی۔۔۔ ہم سب تو آرام طلبی کے انتہائی رسیا بن چکے تھے۔۔۔ اب ہماری دعا یہ تھی، خدا کرے کسی کی زندگی میں اس کے والدین فوت نہ ہوں۔۔۔ لیکن پانی تھا کہ سر سے گزر چکا تھا۔۔۔

* * *

11

آخری کمال

کہانی: The Conjeree's Revenge، مصنف:Stephen Leacock، ترجمہ: گل رعنا

"خواتین و حضرات!" جادوگر نے کہا۔ "جیسا کہ میں آپ لوگوں کو دکھا چکا ہوں کہ یہ پیالا بالکل خالی ہے، اب میں اس میں آپ کو ایک گولڈ فش تیرتی ہوئی دکھاؤں گا۔" ہال میں موجود تمام لوگ کہہ رہے تھے۔ "اوہ! زبردست! یہ کیسے ممکن ہے؟" لیکن ہال میں اگلی نشست پر بیٹھا ذہین آدمی اپنے برابر بیٹھے ہوئے لوگوں سے سرگوشی کر رہا تھا۔ "مچھلی والا پیالا اس نے اپنی لمبی آستین میں چھپایا ہوا تھا۔" لوگوں نے خوشی سے سر ہلایا اور کہنے لگے۔ "ہاں واقعی، ضرور یہی بات ہے۔" اور پھر ایک سے ایک یہ بات پورے ہال کو معلوم ہوگئی اور سب کہنے لگے۔ "گولڈ فش اس کی آستین میں چھپی ہوئی تھی۔"

"اب میں آپ کو ہندوستان کا مشہور چھلوں والا کمال دکھاؤں گا۔" جادوگر کہہ رہا تھا۔ "یہ دیکھیے! سارے چھلے بالکل الگ الگ ہیں، مگر میرے پھونک مارتے ہی سب جڑ جائیں گے۔

"یہ دیکھیے۔"

ہال میں بے ساختہ تالیاں گونج اُٹھیں۔ یہاں تک کہ لوگوں نے سنا، ذہین آدمی کہہ رہا تھا۔ "اس نے ضرور اپنی آستین میں جڑے ہوئے چھلوں کا دوسرا سیٹ چھپایا ہوا ہو گا۔" دوبارہ سب لوگوں نے اپنے سر ہلائے اور کہا۔ "جڑے ہوئے چھلے اس کی آستین میں تھے۔" جادوگر کی تیوری چڑھ چکی تھی۔ "اب میں ایک بہت دلچسپ کمال دکھاؤں گا۔ کیا آپ میں سے کوئی اپنا ہیٹ دے گا؟ جی! ہاں، آپ دیں، شکریہ! دیکھیے حاضرین! یہ ہیٹ بالکل خالی ہے۔ اب میں اس میں سے انڈے برآمد کر کے دکھاؤں گا۔" اس نے یکے بعد دیگرے ہیٹ سے ایک درجن انڈے نکال کر میز پر رکھ دیے اور اگلے پینتیس سیکنڈ تک حاضرین یہ سمجھتے رہے کہ جادوگر بہت ذہین انسان ہے۔ یہاں تک کہ انھوں نے ہال میں موجود ذہین آدمی کو کہتے سنا۔ "یہ انڈے اس نے اپنی آستین میں چھپائے ہوئے ہوں گے۔" اور سارے لوگوں نے ایک دوسرے سے کہنا شروع کر دیا۔ "اس کی آستینوں میں بہت سے انڈے چھپے ہوئے ہیں۔"

انڈے والا جادو ناکام رہا اور یہ شو ایسے ہی چلتا رہا۔ ذہین آمی کی سرگوشیوں سے حاضرین کو پتا چلا کہ گولڈ فش، چھلوں اور انڈے کے علاوہ جادوگر نے اپنی آستینوں میں تاش کے پتے، ڈبل روٹی، ایک چوزا، ایک گڑیا اور ایک ہزار کا نوٹ چھپایا ہوا ہے۔ جادوگر کی شہرت تیزی سے نقطہ انجماد سے نیچے جا رہی تھی۔ پروگرام کے آخر میں اس نے آخری کوشش کرنے کا فیصلہ کیا۔

"خواتین و حضرات!" اس نے کہنا شروع کیا۔ "آخر میں آپ کو میں مشہور جاپانی کمال دکھاؤں گا جو حال ہی میں ایجاد ہوا ہے۔ کیا آپ جناب!" اس نے ذہین

آدمی کی طرف مڑتے ہوئے کہا۔ "کیا آپ براے مہربانی مجھے اپنی سونے کی گھڑی دیں گے ؟" سونے کی گھڑی جادوگر کے حوالے کر دی گئی۔ "کیا آپ مجھے اجازت دیں گے کہ میں یہ گھڑی اس ہاون دستے میں ڈال کر توڑ پھوڑ دوں؟" اس نے پوچھا۔ ذہین آدمی نے مسکرا کر سر ہلایا۔ جادوگر نے گھڑی ہاون دستے میں پھینک دی اور ایک ہتھوڑی اٹھا کر گھڑی کو ٹکڑے ٹکڑے کر دیا۔ "اس نے ضرور میری گھڑی اپنی آستین میں چھپائی ہے۔" ذہین آدمی نے سرگوشی کی۔ "اب جناب! جادوگر نے کہا۔ "کیا آپ مجھے اجازت دیں گے کہ میں آپ کا رومال لے کر اس میں سوراخ کر دوں؟ شکریہ! یہ دیکھیے خواتین و حضرات! میں نے اس رومال میں بہت سارے سوراخ کر دیے ہیں۔ اچھی طرح دیکھ لیجیے! میں نے کوئی دھوکا نہیں دیا ہے۔ ہر کسی کو یہ سوراخ اچھی طرح نظر آرہے ہوں گے۔" ذہین آدمی مسکرایا لیکن اس بار وہ سمجھ نہیں سکا کہ جادوگر کیا کرتب دکھا رہا ہے۔ "اور اب جناب کیا آپ مجھے اجازت دیں گے کہ میں آپ کی قیمتی ریشمی ٹائی موم بتی سے جلا دو؟ شکریہ! اور کیا آپ مجھے اجازت دیں گے کہ میں آپ کا چشمہ اپنی ہتھوڑی سے توڑ ڈالوں؟ جی بہت شکریہ!"

اس وقت تک ذہین آدمی خاصا حیران ہو چکا تھا۔ اس کی سمجھ میں نہیں آرہا تھا کہ جادوگر کیا کرنے جا رہا ہے۔ ہال میں سناٹا طاری تھا۔ یہاں تک کہ جادوگر کی آواز ہال میں گونجنے لگی۔ "خواتین و حضرات! آپ سب نے ملاحظہ فرمایا کہ میں نے ان صاحب کی اجازت سے ان کی گھڑی توڑ دی، ان کے رومال میں سوراخ کر دیے، ان کی ٹائی جلا دی اور ان کا چشمہ ٹکڑے، ٹکڑے کر دیا۔ اگر یہ مجھے مزید اجازت دیں گے تو میں ان کے کوٹ کے اوپر سبز رنگ کی دھاریاں پینٹ کرنے کے لیے تیار

ہوں تا کہ آپ سب لوگ مزید لطف اندوز ہو سکیں اور اگر یہ اجازت نہیں دے رہے تو جناب! میرا آج کا شو یہیں ختم ہوتا ہے۔"

ایک زبردست موسیقی کے ساتھ پردہ گر جاتا ہے اور حاضرین اُٹھ کر ہال سے نکلنے لگتے ہیں۔ ان کو اب یقین ہو چکا ہے کہ کچھ کمالات ایسے بھی ہیں جو جادوگر کی آستینوں کے محتاج نہیں۔

***

۱۲

جھوٹی بڑائی

مولانا وحید الدین خاں

ایک صاحب کا قصہ ہے، ان کے دادا کامیاب تاجر تھے مگر بعد میں ان کی تجارت ختم ہو گئی۔ والد اور والدہ کا بچپن میں انتقال ہو گیا۔ ان صاحب کے حصے میں باپ دادا کا مال تو نہ آیا البتہ یہ احساس انہیں وراثت میں ملا کہ، "میرے باپ دادا بڑے آدمی تھے۔"

وہ ابھی نوجوان ہی تھے کہ انہیں معلوم ہوا کہ قصبے کے ڈاک خانے میں پوسٹ مین کی جگہ خالی ہے۔ وہ درخواست دے کر پوسٹ مین ہو گے۔ کچھ عرصے بعد لوگوں نے انہیں مشورہ دیا کہ تمہاری تعلیم صرف آٹھویں کلاس تک ہوئی ہے۔ تم کوشش کر کے میٹرک کر ڈالو۔

اس کے بعد تم آسانی سے مقامی ڈاک خانے میں پوسٹ ماسٹر ہو جاؤ گے۔ اسی کے ساتھ کچھ گھر کی کھیتی ہے، دونوں ملا کر آسانی سے تمہاری ضرورتیں پوری ہوتی رہیں گی۔

مگر ان کے جھوٹے فخر کی نفسیات اس میں رکاوٹ بن گئی کہ وہ کسی کا مشورہ

مانیں۔ مزید یہ ہوا کہ جھوٹی بڑائی کے احساس کی بنا پر اکثر وہ ڈاک خانے کے کارکنوں سے بھی لڑ پڑتے تھے۔ یہاں تک کہ ایک روز انھوں نے پوسٹ ماسٹر سے جھگڑا کر لیا اور کام چھوڑ کر چلے آئے۔ ڈاک خانے کی ملازمت چھوڑنے کے بعد وہ طویل عرصے بے کار پڑے رہے۔ نہ کوئی دوسرا کام کیا اور نہ تعلیم حاصل کی۔ ان کا مشغلہ صرف یہ رہ گیا کہ سب سے اپنی فرضی بڑائی کے تذکرے کریں اور اس کے ذریعے جھوٹی تسکین حاصل کرتے رہیں۔ ملازمت چھوڑنے کے بعد کھیتی سے کام چلتا رہا جس کو وہ بٹائی پر دیے ہوئے تھے۔ یہاں تک کہ ان کے چھ بچے ہو گئے۔

اب مسائل نے پریشان کرنا شروع کیا۔ تاہم ان کی جھوٹی بڑائی کا احساس دوبارہ اس میں رکاوٹ بنا رہا کہ وہ اپنی غلطی تسلیم کریں۔ وہ اپنے رشتے داروں کو اپنی بربادی کا ذمے دار ٹھہرا کر ان سے لڑنے لگے۔ مگر اس غیر حقیقت پسندانہ رویے نے صرف ان کی بربادی میں اضافہ کیا یہاں تک کہ ان کا ذہنی توازن خراب ہو گیا۔

موجودہ دنیا حقیقتوں کی دنیا ہے جنھیں تسلیم کر لینے ہی میں عافیت ہے۔ یہاں حقیقت سے مطابقت کر کے آپ سب کچھ حاصل کر سکتے ہیں اور آپ حقیقت سے مطابق نہ کریں تو آپ کو کچھ بھی نہیں ملے گا۔ خدا کی اس دنیا میں جھوٹی بڑائی سے زیادہ بے معنی کوئی چیز نہیں۔ یہاں جھوٹی بڑائی سے زیادہ تباہ کن کوئی ذہنیت نہیں۔

* * *